Le dernier amour d'Auguste

Du même auteur

Les Enfants de l'apartheid, Fayard, 1988.
Feu sur l'enfance, Fayard, 1989.
La Colère de Mouche, roman, Mazarine, 1998.
Les pommes seront fameuses cette année, roman, Mazarine, 2000, et GLM. (Prix du Roman du Terroir décerné par le Salon de l'œil et de la plume de Cosne-sur-Loire).
L'Inaccomplie, roman, Mazarine, 2000. (Prix Feuille d'or de la Ville de Nancy et Prix France-Bleu Sud Lorraine).
Trois Reines pour une couronne, roman, Presses de la Cité, 2002.

Élise Fischer

Le dernier amour d'Auguste

Roman

Fayard

À Michel,
À Laurent et Merryle,
À Matthieu et Véronique
À Guillaume
À mes petites-filles Loona et Maureen

Les grandes eaux ne pourront éteindre l'amour,
ni les fleuves le submerger.
Qui offrirait toutes les richesses de sa maison
Pour acheter l'amour,
ne recueillerait que mépris.

Le Cantique des Cantiques, épilogue

Chapitre I

Mon Dieu, qu'il pleut en ce premier dimanche de l'Avent ! Inutile de songer à mettre le nez dehors. Les chemins que j'aime emprunter en forêt doivent être gorgés d'eau. C'est parfait, je vais écrire sur mon cahier grenat. Écrire pour dire la vie, la mienne bien sûr. Écrire pour narguer *Dame-la-mort,* lui faire un bras d'honneur qu'elle n'oubliera pas de sitôt, elle qui s'acharne à frapper aux portes de la Résidence Azur pour venir quérir son butin, faire ses moissons en toutes saisons.

Je m'appelle Auguste Vuillemot, j'ai quatre-vingt-dix ans et je suis pensionnaire à la Résidence Azur. C'est un lieu de vie plutôt chic pour retraités qui ont les moyens.

À quatre-vingt-dix ans, je ne suis pas le plus âgé des pensionnaires, mais je suis certain d'être le plus ancien. Au printemps, il y a aura vingt ans que j'y habite et j'espère bien fêter cet anniversaire avec quelques autres anciens, dont Violette, qui approchera de son centième anniversaire, en pleine forme, tout comme Dédé, quatre-vingt-quinze ans.

Magnifique Dédé ! Il fut un beau gosse autrefois. Il tient le coup malgré sa poche en bas du pantalon.

– Je ne pisse plus comme tout le monde, mais je pisse quand même, dit-il, et je suis toujours là. J'ai même enterré le médecin qui m'avait condamné il y a quinze ans.

Pour Dédé, cette petite fête, dont nous parlons souvent, aura un goût de revanche. On lui avait donné six mois, un an de sursis, pas plus. C'était mal connaître Dédé, frondeur comme pas deux.

En vingt ans, j'en ai vu passer des retraités. Mourir aussi. Mais aussi étrange que cela puisse paraître, ce ne sont pas les malades qui meurent le plus vite ici. Des malades, il n'y en a pas. Dès qu'un pensionnaire l'est sérieusement, il peut préparer ses petites affaires. On ne le garde pas. Ça ferait désordre. L'ambulance vient le chercher, comme les pensionnaires les moins valides, un soir, après le repas, pendant que Nathalie sert la tisane aux amateurs. Un petit au-revoir discret avec promesse d'un coup de téléphone… suivi quelques jours plus tard (ou semaines) d'un faire-part punaisé sur le tableau des nouvelles à l'entrée de la salle à manger. Ces faire-part-là sont toujours bordés de gris-noir.

Bien évidemment, on meurt aussi à la Résidence Azur. Comme partout. Mais ce sont des morts stupéfiantes, imprévues, subites. La personne est en excellente santé. Elle a encore été vue au petit déjeuner, au dîner, dans le parc. Elle a plaisanté, comme toujours. Personne n'a compris ce malaise. Une ambulance a été appelée. Tout est mis en œuvre à la Résidence pour préserver la bonne santé de chacun. On parle du malaise passager et sans gravité aucune de Victor, de Léa. Juste un petit essoufflement. Une visite de contrôle à l'hôpital, par mesure de sécurité, assure-t-on. Surtout ne pas inquiéter les autres résidents. Mais de ces visites de contrôle bien peu reviennent. Dédé me disait l'autre jour :

– Tu penses, Auguste, certains sont déjà morts quand ils partent. Je le sais, Joséphine me l'a dit. La vieille Léa, qui soi-disant avait du mal à respirer, ne respirait plus du tout quand ils l'ont emportée, elle était déjà raide. Morte pendant son sommeil. Mais il paraît qu'il faut «*garder la plus grande discrétion sur ce sujet bien délicat pour ne pas provoquer d'émotion parmi nous*», dit sœur Angèle de l'hospice d'en face qui vient régulièrement nous visiter.

La direction s'en tient à ce discours. Elle craint toujours pour la réputation de l'honorable Résidence Azur.

– On n'est pas encore complètement ramolli de la citrouille. Quand on est ici, reprend Dédé, on sait bien pourquoi. Le meilleur de la vie est devant. Cette belle demeure, c'est la salle d'attente avant l'ombre des cyprès. Qu'en penses-tu, toi ?

Moi ? Moi, j'ai haussé les épaules. Si j'écoute davantage Dédé, je vais sombrer dans le marasme le plus total. Je n'ai pas peur de la mort. Mais puisque la vie est, puisque ce matin, comme comme celui d'hier et les précédents, m'a permis d'ouvrir les yeux, *je veux rendre hommage à la vie en l'étreignant.* J'ai bien retenu les leçons de Juliette.

C'est ainsi qu'avec l'ouverture de l'Avent je me suis

fait une promesse : écrire pour dire la vie et chasser la rôdeuse.

Il me reste un petit mois avant l'an deux mille pour mettre le point final au journal commencé par Sarah, mon épouse, il y a de si nombreuses années. Sarah a toujours tenu son journal intime. Elle écrivait loin de tout regard dans des carnets qu'elle dissimulait. Des carnets, toujours bleus, qui ressemblaient à des calepins dans lesquels le commun des mortels aurait fait ses comptes. Sarah y réglait les siens. Je le sais, maintenant que je les ai lus. De sa petite écriture penchée, elle y dressait régulièrement l'inventaire de sa vie, de notre vie.

Écrire fut pour elle un moyen de prendre la parole, parole que l'autorité de Génie, ma mère, lui confisquait. Sarah est morte depuis plus de quarante ans. Sa disparition a mis fin à ce travail d'écriture resté suspendu entre l'encre et le papier.

Il y a quelques semaines, une idée a surgi, s'est emparée de moi et ne m'a plus lâché. Il m'a semblé que je devais, moi aussi, prendre la plume, pour répondre à Sarah. Cette idée d'écrire m'enveloppe, me tient pendant les longues marches que je m'impose quotidiennement après le petit déjeuner. L'entrée dans le temps de l'Avent aura été un déclic. J'ai acheté un cahier grenat. Une belle qualité de papier. Pour Noël, ou la Saint-Sylvestre tout devra être terminé. Je verrai ainsi arriver l'an 2000 en toute sérénité.

Je ne quitterai pas ma table de travail posée devant la baie vitrée qui regarde le parc tant que je n'aurai pas fini. Qu'est-ce qui pourrait me distraire de la tâche que je me suis fixée ? Le retour de Mouche, ma belle-fille, partie chez les Indiens Guaranis en Amérique du Sud ? Elle pense revenir au printemps, quand la mission de Paul sera terminée. J'ai cru que la mort accidentelle de Sophie, sa fille, la ferait rentrer plus vite. Mais personne n'a pu joindre à temps Mouche et Paul en train de recenser les plantes en voie de disparition. Maintenant, Mouche sait la mort de Sophie. Elle parle parfois de ce chagrin dans ses lettres. Le chagrin d'une mère…

J'ai pensé à Sarah, et me suis réjoui qu'elle ait pu être épargnée. Sarah n'a pas eu à vivre cette douleur. Comment aurait-elle supporté la mort de deux de nos fils ? De Gilles d'abord, puis de Gabriel, le mari de Mouche deux ans plus tard. Mouche aura été bien éprouvée. Heureusement, Paul, mon aîné, resté célibataire, veille sur elle et a réussi à l'intéresser à la vie des plantes. Peut-être l'épousera-t-il un jour ? Ce serait une belle et bonne action. Je crois que Sarah en serait vraiment heureuse. Maintenant qu'elle est dans la lumière, elle sait exactement ce qui s'est passé entre Gilles et Gabriel qui se sont jalousés jusqu'à la détestation. La vie les aura séparés et c'est la mort qui les a réunis.

Parfois, je songe à cette autre vie, si proche et qui m'aspire. À quatre-vingt-dix ans, que puis-je encore espérer ? Mon présent colle à un avenir écrit en tout petit, de plus en plus petit. Un livre se referme. Ce peut être tout à l'heure, demain ou après. Je n'ai pas peur. Qu'elle vienne, la voleuse de vie, je l'attends en continuant de penser à Sarah et à Juliette. J'ai aimé Sarah de toutes mes forces. Et elle aussi m'a aimé.

Mais nous n'avons pas été heureux. Je voulais son bonheur comme elle désirait le mien. Nous nous aimions, et j'ai fait son malheur en lui offrant une vie qui ne correspondait pas à ses vœux. Une vie auprès de ma mère, la maîtresse du domaine de Rochefontaine. Quelle erreur ! Comment ai-je pu faire cela ?

Ma mère fut une femme terrible. Personne ne pouvait lui résister. Sarah s'y est essayée et s'y est brisée. Elle en est morte. Et moi, je n'ai rien vu. Mais à quoi bon ressasser les choses du passé. Il ne sert à rien de pleurer au bord des tombes.

Il m'est arrivé, certains jours de grand chagrin, de souhaiter obtenir de vivre une autre vie. J'ai imploré Dieu de m'offrir une autre chance, de me rendre Sarah pour qu'enfin elle connaisse le bonheur. Dans mes rêves j'y parvenais. J'avais alors toute ma récompense, car elle continuait à ne regarder que moi.

Ce n'est pas à Sarah qu'il faut imputer la faute. C'est à moi. C'est pour cela que j'ai fermé les yeux sur cet amour de guerre dans les Vosges. J'en ai eu l'intuition lorsque Moshe, le frère de Sarah, est venu me chercher :

– Sarah a besoin de toi. Il faut que tu viennes, Yahvé t'en sera éternellement reconnaissant. Ne juge pas, je t'en prie. Aime-la, c'est tout.

À peine huit mois plus tard naissait Gabriel. Un beau bébé, un solide garçon qui pesait près de quatre kilos. Je n'ai rien dit. J'ai accueilli l'enfant comme s'il était le mien. Or il a grandi dans la douleur et une certaine indifférence aussi. Ma pauvre Sarah, après l'avoir bercé de ses larmes, ne s'y est plus guère intéressée. Plus il grandissait, plus la différence se creusait. Il n'avait rien d'un Vuillemot et ne ressemblait pas davantage aux Waldstein. Je l'observais à la dérobée. Il portait toute la tristesse du monde, ce gamin nourri de silencieux remords. Souffrait-il de ressembler trop à son père, c'est-à-dire pas à moi ? Il vivait à part, sur une planète inconnue où personne ne pouvait le rejoindre.

Parfois, je voulais croire qu'il était mien. Avec le temps, les souvenirs s'estompent, deviennent flous. Mais oui, bien sûr… Où avais-je la tête ? J'étais allé retrouver ma femme à telle date. Et sur mes doigts, je recomptais sans cesse les mois jusqu'à la naissance de l'enfant. Huit mois et demi, neuf mois même. Il était de moi. N'avait-il pas les traits de ce lointain aïeul aperçu dans un vieil album photo ? On ne sait pas toujours tout.

Longtemps après la disparition de Gabriel à bord d'*Alizée*, son bateau, Mouche est venue m'apporter les carnets bleus de Sarah.

– Ils vous reviennent. Nous en avons souvent parlé. Je vais partir en Amérique du Sud avec Paul pour une longue mission. Je ne sais quand je reviendrai, si toutefois je reviens un jour. La mort peut m'emporter avant mon retour. Gardez ces écrits !

D'abord, je n'ai pas osé les lire. Je les ai seulement regardés, posés sur la commode de ma chambre. Puis je les ai caressés du bout des doigts. Il me fallait les apprivoiser, les séduire. C'est cela, je devais m'approcher peu à peu d'eux, comme je l'avais fait autrefois pour Sarah. Elle était dans ces carnets. J'en ai ouvert un, puis un autre, j'ai risqué un œil. C'était bien son écriture, soignée, penchée, élégante même. J'ai refermé tout aussitôt, gêné. Ce que Sarah avait écrit ne m'était pas forcément destiné.

Ça ne se fait pas de lire par-dessus l'épaule de quelqu'un en train d'écrire. Autant regarder à la dérobée une femme en train de faire sa toilette. Non, je n'avais pas le droit. J'en ai parlé à Mouche, qui m'a écouté avec beaucoup d'attention avant de déclarer :

– Il y a cependant tant de passages qui vous concernent, et qui sont un tel cri d'amour, que vous ne pouvez pas ne pas les lire. C'est rendre justice à Sarah. Le reste, c'est elle aussi, la peine, la souffrance. Vous avez le devoir de savoir. Vous n'êtes pas étranger à son chagrin. C'est peut-être un moyen de réparer. De la regarder autrement et de vous pardonner, Auguste…

La fermeté de ma belle-fille m'a ébranlé. Alors, j'ai lu. Doucement, à petits pas, à petits mots, et la musique de Sarah est née comme autrefois lorsqu'elle se mettait au piano, quand elle jouait Brahms ou Schumann. Mouche avait raison. Tout l'amour de Sarah pour moi baignait nombre de pages. Et je m'en suis approché comme on va vers une source quand la soif se fait brûlure. J'ai perçu les brumes du désamour après l'étiolement et l'indifférence. Et j'ai eu honte en découvrant sa souffrance. C'est moi qui ai éteint les étoiles dans ses yeux. Et c'est elle qui a porté le poids de la faute puisqu'elle écrivait : «Je ne suis pas la femme qu'il faut pour Auguste. Génie a sans doute raison. Quel Dieu me pardonnera?»

Alors, quand ce jeune Samuel est venu à Pleuvezain où elle s'était réfugiée pour échapper à cette honteuse chasse aux juifs pendant la guerre, elle a ouvert les bras pour accueillir et soigner le jeune blessé. Impossible d'en vouloir à ma pauvre Sarah. Le coupable, c'est moi. Je n'aurai pas assez d'une vie pour expier ce crime.

Car c'est un crime, après avoir allumé les feux de l'amour, que de les laisser mourir. On n'a pas le droit de susciter le désir si c'est pour n'en rien faire. Au soir de ma vie, je vois les choses autrement. Ce qui se trouvait à jamais figé dans la nuit de mon esprit s'anime et s'éclaire soudain. Au-delà des sombres clartés, je perçois les mouvements de l'âme et du cœur. Il me semble qu'en son jardin, Sarah veille sur moi. Moi, je lui demande de veiller aussi sur Mouche, sa belle-fille qu'elle n'a pas connue.

Quelque part, je vois en Mouche la petite sœur de Sarah. Encore que Mouche appartienne à une génération rebelle, très rebelle même, et qui, au nom de la vérité, n'hésite pas à bousculer tout sur son passage. Quand j'évoque la parenté de Mouche avec Sarah, c'est à propos de Sophie. Ma petite-fille ? Vraiment ? En tout cas, je suis heureux qu'elle porte, comme Gabriel, le nom de Vuillemot. Je trouve même l'histoire cocasse. Le fils de Sarah aura transmis le nom des Vuillemot (qu'il n'aurait pas dû porter) à une fille qui n'était pas la sienne. Si ma mère vivait encore, qu'aurait-elle pensé, dit ? Le Domaine aurait tremblé sous l'effet de sa colère. Nous en avons parlé, Mouche et moi, peu avant son départ. Et Paul, venu se glisser dans nos apartés, s'est mis à rire avant de conclure gravement : « Tu sais, papa, les vraies filiations sont celles du cœur. »

*
* *

Ma mère ne pouvait comprendre ces va-et-vient du cœur. Elle fut d'une autre époque. Longtemps j'ai été ainsi. Elle m'a façonné à son image. En bon fils, j'ai essayé de me conformer à son attente jusqu'aux épousailles avec Sarah qui l'ont déçue. Ma mère ne trouvait rien à redire à l'amitié qui m'unissait à Moshe, le frère de Sarah. Mais, pour bru, elle eût préféré une fille de la terre, une fille de chez nous, qui priait dans les mêmes églises et surtout, disait-elle, qui aurait eu quelque chose dans le panier de noces.

Sans doute est-ce pour me faire pardonner que j'ai choisi de vivre au Domaine ? Il ne fallait pas abandonner une mère. Je me devais de la protéger. C'est écrit dans la Bible. J'avais seulement oublié qu'il y est aussi écrit : « L'homme quittera son père et sa mère pour fonder sa famille. » Et, ce faisant, j'ai fait le malheur de Sarah, le mien aussi, forcément. Un malheur qu'on retrouve aux générations suivantes, et qui me pose question sur question. Sans vouloir parler de malédiction, n'y a-t-il pas une sorte de répétition du Mal à chaque génération ? Je veux comprendre. Et si je décide de prendre la plume alors que l'Avent, temps de l'attente et de l'espérance, vient de commencer, c'est pour essayer d'y voir plus clair. Un moyen de tordre le cou au Mauvais. Ma plume est affûtée, prête à tout. Le temps est venu de dire. Certes, je ne suis pas écrivain, mais je peux me risquer, essayer de décrypter les événements. Il n'y aura pas d'aveu spectaculaire dans ces lignes. Je vais relater ma vie en toute simplicité. Avant qu'il ne soit trop tard, je me livre à une sorte de devoir de mémoire pour que s'ouvrent les cœurs les plus cuirassés. Pour que mes enfants, petits-enfants, ma lignée aiment vivre, osent empoigner la vie avec bienveillance et bonté.

Bonté, un mot passé de mode mais qui mérite de retrouver ses lettres de noblesse.

CHAPITRE 2

J'ai dit que je ne quitterais pas mon cahier grenat avant d'avoir mis le point sur le i du mot fin. C'est un objectif curieux que de vouloir mettre un point sur ce mot fin. Fin de quoi ? De qui ? Qu'est-ce que je sais, moi, Auguste Vuillemot, de la fin ? De quelle fin d'ailleurs ? N'ai-je pas pris la résolution d'écrire pour dire la vie ?

Je vais donc parler de la vie. De la mienne. De celle des autres. De tous ceux qui me sont ou m'ont été chers. C'est ça qui m'intéresse : leur vie et la mienne, mais pas la fin. La fin, c'est la mort. C'est à cause d'elle que j'écris. Pour la repousser, pour qu'elle n'ait pas le dernier mot. Ce n'est pas elle qui mettra le point sur le i du mot fin. C'est la vie. Moi, donc. Moi, le vivant. Ah, je suis drôlement content de ma formule ! De ma trouvaille. Quand Mouche sera de retour et qu'elle lira cela, elle me félicitera. Mais, pour l'heure, je dois quand même quitter ma table de travail et gagner la salle à manger. Manger pour vivre et vivre pour écrire.

Je mangerai seul à ma table. C'est ainsi depuis de si nombreux mois, depuis la maladie, puis le départ de

Juliette. Parfois, je me dis qu'elle a de la chance. Elle est ainsi délivrée de toutes les servitudes liées à la vie du corps. Moi, je dois encore veiller sur le mien, le sustenter afin qu'il accomplisse ce pour quoi il est fait. Et pour le moment, ce qu'il a à faire, c'est se souvenir, c'est dire, entre rire et larmes, le sens d'une existence.

*

*   *

Nathalie est une charmante jeune femme, mais quand elle a une idée derrière la tête, elle n'en démord pas. Chaque jour, je lui répète que je désire rester seul. Je ne veux personne à ma table et quand je dis personne, c'est personne. Ce temps du repas, j'en ai besoin pour me souvenir de Juliette.

Non, je ne m'enferme pas dans le chagrin. Mais je ne veux pas être distrait par les péroraisons de quelques vieilles dames qui auraient des intentions plus ou moins avouables. Nous sommes si peu nombreux, nous les hommes, dans ces lieux de vie pour troisième et parfois quatrième âge, que la gent féminine en viendrait presque aux mains à notre propos. Je préfère me tenir à bonne distance. Les disputes risqueraient de m'égarer et de me faire perdre le fil de mes idées. J'ai tout de même quatre-vingt-dix ans. Certes, il paraît que tout fonctionne parfaitement dans ma tête et dans mon corps. Non, je n'ai pas de secret particulier, ni de médicament révolutionnaire pour me maintenir en forme. Je marche chaque jour quatre à cinq kilomètres. Je fais défiler les paysages dans ma tête. En chemin, je rencontre des têtes connues. D'autres moins. Mais c'est toujours l'occasion d'un brin de causette. À dix heures trente, je suis de retour, penché sur mon cahier grenat face au parc. J'écris. C'est du temps passé avec Juliette, une fleur de printemps…

Elle a parfumé mes vieux jours. Elle est entrée dans ma vie presque par effraction. Une révolution dans une existence paisible, calme. Trop sans doute. Elle a dit que ma vie était comme un plat auquel il manquait des épices. Juliette aura donc saupoudré mes jours de piment. J'ai laissé faire. D'abord amusé, puis curieux, avant d'être délicieusement surpris. Je me croyais bien incapable de susciter le moindre élan et encore moins la passion. Car passion il y eut, n'en déplaise à Renée, ma fille, qui sait, en digne petite-fille de Génie, se poser en femme vertueuse. Renée est malgré tout une bonne fille. Elle veut toujours me trouver des excuses.

– C'est la faute à cette… cette femme de mauvaise vie. (Forcément.)

– Allons père, vous vous êtes laissé tourner la tête. Elle vous a repéré, elle. Et vous ne l'avez pas vue venir.

Juliette, femme de mauvaise vie ! Outré, je me défends. Je défends Juliette. Le ton monte.

Quand je me fâche avec ma fille à propos de Juliette, même six ans après les faits, je mesure la place qu'elle a prise dans ma vie. En défendant Juliette, qui n'est coupable de rien, c'est moi aussi que je défends. Je me lave quelque part. Comme tant d'autres, j'ai été un homme aux idées bien arrêtées qui ne voyait guère plus loin que le bout de son nez.

Qu'aurais-je dit autrefois en étant le témoin d'une histoire semblable ? Je me serais laissé aller à la critique. C'est si facile de porter un jugement sur une attitude sans écouter la personne, sans la connaître de l'intérieur.

Juliette riait quand nous évoquions ce qu'elle appelait les bla-bla sans importance du commun des mortels. Elle ne se sentait jamais atteinte. Elle préférait s'en moquer. Elle disait qu'il ne fallait pas perdre son temps à abattre de tels murs. Juliette ne croyait qu'en la force du rayonnement intérieur. La seule capable de transformer les êtres.

– Laisse dire. Laisse faire. Souviens-toi, Auguste, avant notre rencontre, tu avais peur de tout. Maintenant que tu es contaminé par l'amour, tu vois les choses différemment, et tu ne comprends même pas comment tu as pu être autre pendant tant d'années. Toi, si attaché à l'Écriture, tu ferais bien de relire saint Paul. « Sans l'amour… » Si peu de personnes en vivent.

Parvenu à ce point de l'échange, j'affirmais qu'il fallait lire saint Paul au deuxième degré. Juliette me reprenait :

– Tu as compris cela et tu n'as même pas été capable de l'appliquer.

Penaud, pantois, je restais, mais souveraine, elle poursuivait, comme si elle se trouvait sur la scène d'un théâtre, qu'il n'y a pas deux sortes d'amour.

– Aimer se conjugue à toutes les personnes. Ce sont les mêmes émois, les mêmes battements de cœur.

– Mais on ne couche pas avec tout le monde ! m'écriais-je.

– Coucher, coucher ! Comme si l'amour se résumait à coucher. Coucher, c'est une des traductions d'aimer. Or, aimer se décline à l'infini. Bien sûr, dans un couple, la déclinaison la plus commune de l'amour se vit dans la passion et la rencontre des corps. Nécessaire souvent. Mais pas indispensable.

La passion ! Avais-je donc cédé à la passion ? Juliette voyait mon embarras et me taquinait.

– Mon pauvre Auguste, tu ne sais pas grand-chose de la vie à quatre-vingt-quatre ans.

Elle avait raison et elle avait tort. Je savais ces choses, mais je n'avais pas pris le temps de m'y arrêter. Comment lui dire ce que j'avais vécu avec Sarah dans les premiers temps de notre histoire ? Oui, j'avais aimé, oui, j'avais cédé à la passion. J'avais connu l'ivresse des corps. Je m'étais même senti coupable d'entraîner Sarah dans des ébats que la morale et la religion réprouvent avant le mariage. Sarah et moi n'en parlions jamais. Nous restions silencieux pendant et après les événements. Je n'ai pas le souvenir d'avoir partagé, échangé, exprimé la moindre émotion. N'en rien dire était, d'une certaine manière, effacer de nos mémoires la culpabilité qui nous venait. Nous avions commis la faute, le péché. Nous nous étions unis avant le oui à la mairie et à l'église.

*

*   *

Ce temps du déjeuner, assis à cette petite table ronde non loin de l'immense aquarium, est finalement un luxueux instant volé au travail d'écrire que je m'impose avant la fin de cette année. Nathalie a évidemment fait rouler ses yeux de braise de gauche à droite en posant les plats délicatement sur la nappe à carreaux bruns et blancs.

– Ce serait mieux si vous ne restiez pas seul, Auguste.

J'ai eu l'envie de poser ma vieille main sur son avant-bras dénudé, été comme hiver, pendant le service.

– C'est plus commode, dit-elle, les manches ne risquent pas de traîner dans les plats.

Oui, j'ai eu l'envie. En tout bien tout honneur. Un geste amical, c'est tout. Mais je me suis retenu. Qu'aurait-elle pensé ? Qu'en tout vieux monsieur bien sous tout rapport, dort la graine d'un cochon ? Je voulais la retenir, pour lui parler, lui répondre que je ne suis jamais seul puisque ma solitude est habitée.

Tout chante et danse la présence de Juliette. Juliette qui m'a ouvert les yeux. Juliette, qui a jeté sa lumière, éclaire encore mon passé, l'illumine. Si je murmure ces choses, pour faire admettre mon refus, Nathalie haussera les épaules et me traitera de vieux fou. Elle aura sans doute raison. Vieux, je le suis. Tout le dit, ma peau, mes rides, mes os, ma sève. Fou, je le suis sans doute aussi. Je le revendique parfois, mais bien discrètement. Je devrais l'être plus souvent, le faire… À mon âge, je n'ai rien à perdre, mais tout à gagner. Fou, donc. Parce que Juliette hante encore mes jours. Mais cette folie-là m'est nécessaire. Elle est ce rayon de bonheur lumineux auquel je m'accroche et me berce, comme le petit enfant sur sa balançoire de fortune à la première branche de l'arbre dans le jardin de son grand-père. C'est une folie nécessaire, voire indispensable au monde moderne. Et le monde moderne, fort de ses fatuités, s'en prive jusqu'à s'appauvrir. Alors, face à Nathalie, je risque seulement un imperceptible sourire, un petit haussement d'épaules qu'elle peut traduire comme elle veut.

La seule chose qui compte pour cette charmante jeune femme, c'est que je mange. Tout. Enfin, presque tout. Elle doit s'acquitter de sa mission et dire à madame la directrice :

– Auguste, malgré son chagrin, a bien mangé.

Si elle pouvait comprendre cette charmante Nathalie… Si elle voulait bien s'asseoir pour m'entendre. Je lui dirais que le chagrin dont elle me croit vêtu n'est pas vraiment lourd à porter. L'amour l'a transpercé et cela, personne ne me l'enlèvera jamais. Seul à ma table ? Non. Juliette est là, présente. Je la convoque avec tendresse chaque jour. Elle rayonne. Et lorsque je reprends mon stylo, elle coule dans mon encre. Et si l'encre ne coule plus, si j'hésite et trébuche sur les mots, c'est que j'ai fermé la porte de mon cœur. Elle l'a bien senti et s'en est retournée, doucement, sur la pointe des pieds, comme elle était venue. Il me reste alors à la chercher. Ce n'est pas vraiment difficile. Je me lève, fais quelques pas dans la chambre, pose mon regard ici et là, sur les objets touchés. Sur le lit ? Non, pas sur le lit. Je ne veux plus y penser. L'amour, c'est aussi dans le regard, le sourire et le souvenir des paysages contemplés. Si la tentation me vient, je vais marcher dans le parc, m'asseoir sur le banc, près du chêne, face au petit lac sur lequel glissent colverts et cygnes. Et je l'attends. Jamais très longtemps. Elle sait déchirer le brouillard qui m'entoure, couvrir mes épaules qui frissonnent.

– Auguste, tu désespères. Je le vois. Ton dos que j'aime tant se voûte. Regarde-moi, Auguste, comme au premier jour.

Et j'entends son rire clair qui court, fait des ricochets sur l'eau calme du petit lac comme le galet qu'un gamin aurait lancé avec défi. Alors, les arbustes se mettent à bruisser et renvoient mille éclats de lumière. Juliette me disait que ces phénomènes perceptibles aux cœurs aimants étaient la manifestation de l'amour. Qu'il fallait prendre le temps de s'y arrêter pour reprendre souffle, et que toute vie pouvait s'en trouver grandie, embellie, enluminée. Elle m'a donné ce mot « enluminé ». Le dire, l'écrire, c'est la retrouver à mes côtés même si je la sais aujourd'hui dans les bras du Maître. C'est ainsi qu'elle parlait toujours de Dieu. Le maître de tout lieu, de toute chose et de toute personne.

Si je désire être seul à la table où je prends mes repas, c'est parce qu'un jour, à cette table, elle s'y est assise et est restée longtemps, bien longtemps, un peu trop pour que son départ n'ait pas creusé une marque douloureuse dans ma poitrine et un immense champ de brume dans ma tête. Pourtant, je me souviens de tout.

Absolument de tout.

Chapitre 3

Nathalie était venue me demander si je voulais bien accueillir Mme Juliette Girault à ma table pendant un petit mois. Mais pourquoi est-ce à moi que Nathalie s'était adressée ?

– Vous êtes discret et sérieux.

La demande de Nathalie m'a tellement bouleversé que, ce jour-là, je n'ai rien mangé. Ainsi donc, j'avais la réputation d'un homme discret et sérieux. Mais qui donc était cette femme, et surtout à qui pouvait-elle bien ressembler pour craindre la compagnie d'un homme ? Peut-être venait-elle de perdre l'homme de sa vie et désirait, ce qui était normal, qu'on la laissât tranquille ? Peut-être était-elle une grincheuse, une sorte de harpie, vieille fille qu'on avait souvent ennuyée, moquée même ? Et voilà que moi, l'homme réputé discret, je m'agitais intérieurement et commençais à me poser mille questions sur une femme qui allait me faire face pendant un mois midi et soir.

Dans trois jours, elle serait là. Je n'en mangeais plus. Je l'imaginais… Petite ou grande, très jolie encore, ou fort laide et handicapée avec le temps ? Peut-être une femme éprouvée, diminuée et qui recherchait un peu de silence. Bah, m'étais-je dit, elle fera ce qu'elle voudra, mangera ce qu'elle veut et comme elle veut. Si elle m'incommode, je n'y ferai guère attention. Je me hâterai de finir mes plats et irai faire un tour dans le parc. Elle sera tranquille et moi aussi.

Juliette prit place à ma table à côté de l'aquarium début janvier après les fêtes du nouvel an, alors que la Résidence Azur s'apprêtait à célébrer la fête des Rois. Je lisais le journal, histoire de me donner une contenance, lorsque Nathalie la conduisit à ma table.

– Monsieur Auguste Vuillemot, je vous présente Mme Juliette Girault.

J'avais la gorge tellement nouée que je hochai la tête en signe d'acquiescement et grommelai :

– Bienvenue, madame !

Je n'eus pas d'autre mot aimable et pourtant, Dieu sait que, dans ma tête, j'avais répété la scène des dizaines de fois. « Je vous en prie. » « Vous m'en voyez ravi. » « Ah ! Bonjour, j'espère que vous allez vous plaire ici, bon appétit, madame. » Rien de tout cela ne fut prononcé. Même ma salive coinçait au fond de ma gorge.

Sauvé ! J'ai été sauvé en songeant à Mouche. Soudain, je l'ai imaginée me rendant visite le dimanche suivant. Comment lui raconterais-je cette rencontre ? Qu'en dirait-elle surtout ? À Mouche, je me confie beaucoup. C'est une jeune femme épatante.

– Mais c'est merveilleux, Auguste, vous voilà à revivre et à éprouver des sentiments de jeune adolescent !

Sans doute me demanderait-elle de lui décrire

Juliette, de lui raconter mes impressions. Donc, il me fallait observer très discrètement la personne que Nathalie avait installée à ma table. Une observation minutieuse, mais tout de même pas inquisitrice. Auguste est un homme discret et sérieux.

Décrire Juliette, aujourd'hui encore, relève de mission impossible. C'était une femme, jeune encore, au teint pâle, avec de longs cheveux clairs qu'elle relevait tressés dans une grosse natte attachée par une barrette ou un pic qui glissait souvent et qu'elle remettait avec grâce. Juliette était blonde, une couleur tirant sur le blond vénitien. Oh, je connais les artifices des femmes quand les années dessinent la marque du temps ! Elle savent mettre de la couleur sur les grisailles de l'âge. Entre deux bouchées d'œuf en gelée, j'avais eu le temps de remarquer la teinte de ses cheveux parfaitement accordée à sa peau claire et au vert de ses yeux en amande posés au-dessus de deux pommettes un peu hautes sur un visage triangulaire. Ce qui m'a frappé en observant Juliette fut la vivacité de son regard. Juliette n'avait pas soixante-dix ans. J'aurais pu le parier et j'aurais gagné. Car j'avais bien vu ses mains... Un visage peut s'offrir au regard dans presque toute sa beauté. Les femmes ont mille secrets pour se mettre à leur avantage et nous séduire. Mais si les marques du temps peuvent être gommées, dissimulées sur un visage, les mains, elles, parlent. Mouche m'a appris cela quand nous bavardons parfois à bâtons rompus. Eh bien, les mains de Juliette étaient charmantes, longues et fines, lisses encore et pas du tout marquetées de petites taches brunes que chez nous on appelle fleurs de cimetière.

Quand je songe aujourd'hui à cette première rencontre, je m'étais tellement concentré sur Juliette, sur son visage, ses attitudes ou le son de sa voix que je suis incapable de décrire avec précision les vêtements qu'elle portait. Je garde le souvenir d'une personne vêtue avec élégance. Peut-être portait-elle du noir? Un pantalon? Oui, il me semble, et une tunique ou un chemisier clair. Des bijoux? Franchement, je ne sais plus. À ses mains, j'ai vu une bague, un anneau surmonté d'une petite perle. C'est tout. Perturbé par cette première rencontre, certains détails m'ont échappé. Reste une impression qui ne s'est pas estompée. La présence de Juliette tranchait dans ces lieux. Nous avions une « dame » parmi nous.

Avec l'âge, beaucoup de personnes se laissent un peu aller dans les maisons de retraite. Même ici à la Résidence Azur, on voit des femmes et des hommes errer de la salle à manger à leur chambre ou appartement en chaussons. Des femmes continuent de mettre une blouse pour protéger une robe d'un autre âge. Le dimanche, sur l'insistance de l'une ou l'autre surveillante, elles acceptent de faire un petit effort :

– C'est bien pour vous faire plaisir, car je n'attends personne.

Je n'arrivais pas à quitter Juliette du regard. Elle semblait tout à fait à son aise et mangeait avec naturel. Ses gestes n'étaient pas apprêtés. Elle sauça son assiette discrètement en murmurant :

– Cette blanquette de veau est vraiment délicieuse.

Moi, je n'avais pas encore terminé le plat. Que dire, mais que dire à cette femme, à cette dame? Une bouffée de complexes me submergea. « C'est une citadine et tu n'es qu'un paysan, me dis-je. Mais quelle idée a eue Nathalie de l'installer à ma table ! Je ne pourrai même pas être simplement aimable. »

Ce fut Juliette qui rompit le silence en posant son regard sur l'aquarium qui lui faisait face.

– Superbe ! Cet aquarium est superbe et les poissons qui y vivent, magnifiques ! Il y a longtemps qu'ils sont là ?

Je bredouillai que oui, sans doute, car cet aquarium était déjà installé à mon arrivée, il y a quelques années. On avait parfois remplacé l'un ou l'autre poisson mort, cela arrivait. Pour couper court à une conversation qui allait m'embarrasser, je déclarai que je n'y connaissais rien en la matière. À part le traditionnel poisson rouge, ou poisson chat, absent de cet aquarium, j'aurais été bien incapable de les nommer.

– Si vous voulez en savoir plus sur eux, il faudra demander à Raymond, notre spécialiste, c'est lui qui s'en occupe, les nourrit, nettoie l'appareil de temps à autre. Une véritable encyclopédie sur le sujet.

– Je ne m'y intéresse pas particulièrement, déclara Juliette, j'admirais. C'est très apaisant à regarder. Les psychologues disent qu'un aquarium a un effet thérapeutique sur les personnes très nerveuses, un peu angoissées. Sans doute est-ce la raison d'une telle installation ici ? Celui-ci est vraiment très beau.

J'avais dû me tourner un peu de côté pour admirer. Par politesse. À vrai dire, jamais encore je n'avais observé avec attention les habitants de ce vaste bocal. C'est toujours vers l'extérieur que se tournent mes regards. Il me faut du vert, des arbres, des champs, des fleurs. Si je cherche les poissons, c'est dans le petit lac du parc de la Résidence. Je sais qu'y vivent quelques rougets et perches et en toute quiétude.

Il a bien fallu que je m'intéresse à l'aquarium. Juliette y revenait sans cesse, s'extasiait sur l'un ou l'autre poisson qui apparaissait, disparaissait entre les plantes et la corvette échouée. Elle nommait certains poissons. Je me suis promis d'aller me renseigner auprès de Raymond, afin de tout savoir des discus, ou des poissons néons, que Juliette semblait si bien connaître puisqu'elle me révéla leur nom scientifique : des characoïdes. Elle m'apprit aussi le rôle de ces petits poissons rigolos à bouches pointues, les corydoras, qui sont des fouilleurs et nettoyeurs d'aquarium d'eau douce.

Avant la fin du repas, Juliette, qui recherchait la discrétion, avait réussi à me faire parler. Un prodige !

Nous avons parlé, parlé. De tout et de rien et sans nous être raconté nos vies. J'ai fait preuve de prudence en évitant les questions indiscrètes, en maintenant la conversation sur un terrain très neutre. Parfois, la crainte de m'égarer faisait tomber le silence. Et je me torturais l'esprit pour savoir quoi dire qui ne fût pas indiscret. À deux ou trois reprises, Juliette posa ses couverts, mit ses coudes avec élégance sur la table pour interroger doucement.

– Je ne vous ennuie pas au moins ?

Non, elle ne m'ennuyait pas. Elle me surprenait. Depuis des années, je n'avais pas échangé avec une femme de cette façon-là.

*

*   *

Quand Mouche vient me voir, c'est différent. Elle fait partie de ma famille. Et nous nous aimons bien. Je suis très à l'aise avec elle. Quant aux autres femmes croisées dans les couloirs ou le jardin de la Résidence Azur, nos relations sont bonnes et se limitent à l'échange d'impressions sur le temps ou sur notre état de santé. Les femmes sont plus bavardes que les hommes, elles racontent parfois « les douleurs et les bobos de l'âge », elles donnent quelques nouvelles de leurs enfants ou petits-enfants.

*
* *

Il arrive qu'au moment du café, quand elle a fini de servir tout le monde, Nathalie consente à faire une petite halte à ma table. Elle n'a pas beaucoup de temps, mais elle s'arrête. Elle sait que j'ai bien connu son père, du temps des Intrépides. Nous jouions ensemble. Lui, du saxophone, et moi de la clarinette. Nathalie me raconte ses joies et ses petits tracas, me donne des nouvelles de sa famille, mais cette conversation-là n'est pas un échange entre un homme et une femme où peut intervenir, comme devait me le dire par la suite Juliette, une possible séduction. C'est un prolongement du lien amical entre le père de Nathalie et moi.

*
* *

Avec Juliette, nos conversations furent d'un tout autre ordre que celles que j'avais pu avoir par le passé. Nos repas furent animés. Nous n'arrêtions pas de parler. Les sujets de conversation ne manquaient pas. Juliette savait les lancer. La politique, les spectacles... Nous confrontions nos points de vue, et nous nous enrichissions. Les questions de l'un avaient sur l'autre le pouvoir de forcer l'esprit à plus d'ouverture et de curiosité. Un peu dans le genre : c'est vrai ce qu'elle dit, tiens, je n'y avais pas songé. Il faudra que je vérifie la chose, que je m'informe pour ne pas avoir l'air sot au prochain repas.

Au bout de la quatrième semaine, je ne sais pas pourquoi, j'ai soudain déclaré à Juliette :

– Enfin un peu de soleil après toute cette neige et ces pluies, j'ai bien envie d'aller prendre l'air dans le parc.

– Verriez-vous un inconvénient, Auguste, à ce que je vous suive dans cette promenade ? Je vais bientôt quitter la Résidence et je ne connaîtrai pas son magnifique parc.

– Il est surtout très beau au printemps et pendant l'été. Mais il ne manque pas de charme certains jours d'hiver. Si vous voulez que je vous le fasse visiter, il faudra bien vous couvrir. Cette nuit, il a gelé à moins douze. J'ai vérifié cela sur mon thermomètre extérieur. Une habitude.

Quand une question de Juliette me mettait dans l'embarras et que je devais répondre, je lançais ma phrase, me dépêchais de la terminer par peur de perdre le fil de mes idées et d'avoir l'air ridicule.

Elle désirait ma compagnie, voulait que je sois son

guide... Il fallait bien qu'une telle chose m'arrivât, à moi! À mon âge! Mon Dieu, qu'allait-on dire? Que j'avais fait une conquête! Ou des tas d'idioties comme savent en répandre les pensionnaires de la Résidence. J'allais être la risée de pas mal de gens.

– Alors, je peux, Auguste, marcher avec vous dans le parc?

J'ai hoché la tête pour n'avoir pas à parler, mais en mon for intérieur je n'en menais pas large. Quand je raconterais la chose à Mouche...

Nous avons marché dans les allées durcies par le froid. Nos pas croquaient les graviers gelés. Le petit lac était recouvert de glace jusqu'en son centre. Au bord de l'eau, les herbes étaient prisonnières du givre. On glissait par endroits et Juliette a très naturellement passé son bras sous le mien en riant. Dire mon émotion est impossible encore aujourd'hui. Je me souviens de l'ouragan qui m'a secoué en cet instant et de la douceur qui a suivi. Une femme à mon bras! Depuis quand la chose n'était-elle pas arrivée? Je ne savais pas, ne savais plus. Il me semble qu'aucune femme, depuis Sarah, ne s'y était risquée. Sauf ma fille, que j'ai conduite à l'autel le jour de son mariage, un moment intense qui aurait dû être heureux, mais qui glissa sa main dans celle du malheur, puisque Sarah ferma les yeux pour toujours le même jour. Allons, je m'égare...

Juliette me prenait le bras avec infiniment de naturel et de gentillesse, et l'écho de son rire déchirait la froidure de janvier et me chauffait le cœur. J'étais heureux et, soudain, je me sentais coupable d'éprouver cette joie. Je n'avais pas grande estime de moi-même, me traitais de vieil idiot de quatre-vingt-quatre ans ému par une jeunette de presque soixante-six ans. Car Juliette venait de me confier son âge : soixante-six ans au printemps. Je me suis senti obligé de lui dire que je la croyais bien plus jeune. Ce qui était vrai. Sa silhouette mince renforçait cette impression. Elle savait se vêtir. D'elle émanait une certaine lumière sur un visage à peine marqué par le temps et légèrement maquillé. Juliette faisait ainsi, mais tout en douceur, un joli pied-de-nez à la vieillesse.

– J'ai tout de même l'âge que j'ai, lança-t-elle, alors que nous faisions fuir un pauvre corbeau posé sur un buisson. Et ce que je redoute avec le grand âge qui ne va pas m'épargner, c'est la solitude. Pas vous ?

J'ai haussé les épaules. Le grand âge, j'y étais déjà, mais je ne voulais pas y penser. À la Résidence, je m'étais mis à l'abri, ou entre parenthèses.

– Quelques visites et mes souvenirs peuvent encore peupler mes jours, confiai-je.

– C'est un faible rempart à la solitude, déclara soudain Juliette.

Je me suis penché vers elle. Une ombre avait voilé ses yeux verts. Elle ajouta tout aussitôt et très sereine.

– Mais c'est le lot des humains que de l'éprouver.

Je n'eus pas le temps de chercher une parole de réconfort. Juliette, semble-t-il, se retenait plus fermement à mon bras, se serrait tout contre moi, et m'interrogeait sur tout ce que nous rencontrions, les arbres, les plantes.

– Vous êtes imbattable, lança-t-elle.

– Je suis meilleur que dans la faune et la flore des aquariums, c'est vrai.

Mon Dieu, que cette femme était troublante ! Si j'avais osé un geste, un petit geste... Dieu m'en garde, m'écriais-je intérieurement ! Je me gourmandais, me traitais d'imbécile. J'imaginais la tête de Mouche quand je lui raconterais par le menu détail cette promenade et le délicieux trouble qui m'avait envahi. Mouche allait rire, me gronder gentiment et mettrait ainsi fin à ces enfantillages. Ce n'était pas sérieux à quatre-vingt-quatre ans. Vraiment pas sérieux !

À mon grand étonnement, Mouche n'a pas ri. Elle a été attentive et très silencieuse. Il a fallu que je lui demande ce qu'elle pensait de la situation, de ma situation pour qu'elle parle.

– Que savez-vous de cette femme ? Qui est-elle ? D'où vient-elle ?

– Rien.

– Que sait-elle de vous ?

– Rien.

– Au bout de plusieurs semaines, l'un et l'autre pouvez risquer quelques questions.

– De toute façon, elle va repartir. Elle est venue pour un mois. Elle fait des essais pour voir comment elle pourrait s'adapter.

– Parle-t-elle avec les autres pensionnaires ?

– Oui, cela arrive. Je crois qu'elle a participé à une sortie au théâtre et au cinéma. Parfois, elle joue au Scrabble. C'est Louis qui m'en a parlé. Elle rejoint le petit cercle les après-midi. Tout le monde la trouve charmante. Elle va aussi en ville. En fait, Juliette est très indépendante.

– Vous raconte-t-elle ce qu'elle fait quand elle n'est pas avec vous, c'est-à-dire entre les repas ?

Avant de répondre à Mouche qui se hâtait de trouver des explications à un comportement très normal – mais qui, moi, m'intriguait –, je cherchais, remuais mes souvenirs, tentais de rassembler mes idées.

– Non, non.

– Il faudrait peut-être vous inquiéter d'elle, mais très délicatement comme vous savez le faire.

J'avais ma petite idée. Je savais l'heure d'arrivée de Nathalie, je la croisais souvent en entrant dans la petite chapelle où j'allais parfois assister à la messe du matin. C'est auprès de Nathalie que j'irais chercher quelques informations. En connaissant mieux Juliette, je pourrais orienter nos conversations, adapter mes questions et mes réponses.

Mon attente n'a pas été longue. Le lendemain de la visite de Mouche, j'ai rencontré Nathalie. En soulevant mon chapeau pour la saluer, je me suis approché d'elle.

– Ah, ça tombe bien, j'avais quelque chose à vous demander. Oh, rien de grave, mais qui me tracasse un peu. C'est à propos de Mme Girault.

– Juliette ?

– Oui, elle va repartir… Et je me demande si elle s'est trouvée satisfaite de manger à la même table que moi.

– ?

– Vous aurait-elle dit des choses ?

– Non, monsieur Vuillemot. Rien du tout. Mais ne vous inquiétez pas, si elle n'a pas demandé à changer de place, c'est qu'elle est satisfaite. Pourquoi ? Vous avez l'impression que cela ne se passe pas bien ? Moi, je vous vois souvent parler et rire.

– Ben… C'est que, justement, comme elle voulait du calme…

– Mme Girault voulait surtout se trouver face à des personnes qui se tiennent bien à table, comme vous. Vous savez bien que certaines personnes âgées oublient un peu les règles du savoir-vivre avec les années. Et Mme Girault, qui vient d'un bon milieu, ne voulait pas trop se mélanger. Elle a dû vous raconter cela pendant tous ces jours !

J'ai secoué la tête de gauche à droite et de droite à gauche.

– Mais alors, de quoi parlez-vous ?

– De tout, mais jamais de nous.

– Elle a réussi à se taire, elle ! C'est incroyable ! s'exclama Nathalie.

– Vous la connaissez bien ?

– Un peu. C'est une parente de Mme Demange, la directrice de cette maison. Mais il vous reste encore quelques jours avant son départ. Vous pourrez en savoir davantage sur elle. Elle a beaucoup voyagé. Une vie d'artiste, bien remplie.

J'étais encore plus dans l'embarras. Parler avec Juliette ! Mais comment allais-je faire ? J'ai levé les yeux au ciel. Trop tard pour la messe. Tant pis. J'allongerais ma promenade avant d'aller faire une visite à Hannah, la petite cousine de Lena, ma belle-sœur. Hannah m'offrirait bien une tasse de café.

Chapitre 4

Quand Juliette est partie à la fin du mois de janvier, elle a dit au revoir à tout le monde, a remercié l'ensemble des pensionnaires pour un accueil qu'elle n'oublierait pas. Elle a même laissé entendre qu'elle reviendrait peut-être. Elle tenait un petit sac à la main. Sa valise se trouvait déjà dans la voiture qui allait l'emporter jusqu'à la gare de Nancy. J'étais assis dans le salon-bibliothèque et je lisais quand elle est venue se planter devant moi.

– Auguste, je voudrais vous parler. Voulez-vous m'accompagner jusqu'au taxi qui m'attend dans la cour ?

Je l'ai suivie sous la pluie. Elle a ouvert son parapluie et nous avons fait quelques pas.

– Vous allez me manquer, Auguste. J'ai aimé être à vos côtés. Peut-être reviendrai-je à la fin du printemps. Puis-je vous demander, si toutefois vous ne rencontrez pas le grand amour pendant ce temps, de me garder la place à votre table ?

Mais qu'est-ce qui m'a pris, bon sang ? Je n'en suis pas revenu. Des larmes me sont venues. Elle a levé ses yeux verts sur moi et le trouble m'a saisi, un vrai trouble d'homme, un trouble que je croyais évanoui dans la nuit de la vieillesse. Un état qui, parce qu'il n'existait plus, me faisait dire : «Je suis libre... libre...» J'ai posé mes mains sur ses épaules. L'ai-je imaginé? Il m'a bien semblé que Juliette avait tressailli.

– Juliette, je peux vous embrasser?

Elle n'a pas répondu et a fermé les yeux. Alors j'ai posé mes lèvres sur chacune de ses joues et je suis parti très vite en priant le ciel que personne ne m'ait vu et en demandant pardon à Sarah.

J'avais juré au bord de la tombe de ne jamais regarder une autre femme. J'avais tenu pendant plus de trente ans. La première décennie fut douloureuse. Il est vrai que les femmes en général ne m'intéressaient guère. J'avais bien trop de remords après la mort de Sarah que je n'avais pas su aimer suffisamment pour qu'elle fût protégée du malheur. Mon cœur n'était habité que de ce sentiment d'avoir raté l'essentiel. Face à ce constat d'échec, l'immense solitude s'appelait apaisement. Mais c'est le corps que je n'arrivais pas à maîtriser, à domestiquer. Il parlait, lui, ce corps que je finissais par exécrer. Il avait faim, ce corps, faim d'un autre corps, peut-être n'importe lequel, mais il avait faim. Je l'usais comme je le pouvais, je le fatiguais dans des travaux pénibles. Je me tuais à la tâche, souhaitant d'ailleurs mourir très vite. Je m'endormais exténué pour me réveiller dans la nuit, mon dard tendu vers l'impossible, sans parvenir à me rendormir. Au matin, je me levais avec le dégoût au bord des lèvres quand ma semence s'était répandue. Je prenais de grandes décisions en m'aspergeant d'eau glacée quelle que soit la saison. Bouger, agir, marcher, courir, s'occuper l'esprit, enfin, tout faire et faire tout pour chasser ce désir qui m'irriguait et allait me rendre fou. Je ne voulais pas rencontrer certaines filles dans des lieux sordides en échange de quelques billets, encore moins me livrer à des plaisirs solitaires. C'était tellement contraire à l'éducation reçue et transmise. Mais je suis homme, la chose est parfois arrivée quand la brûlure de l'absence se faisait trop intense. Rarement, mais elle est arrivée. Me laissant un tel dégoût de moi-même que ces actes se sont espacés d'eux-mêmes. Jusqu'à presque disparaître. J'en avais parlé à un médecin que j'avais consulté à Nancy et qui ne me connaissait pas. La honte me submergeait.

– Il n'y a pas de médicament pour taire le désir. Remerciez plutôt le ciel, c'est un signe de bonne santé. Et si, un jour, vous rencontrez une femme estimable, n'hésitez pas à refaire votre vie, ou à vivre quelque chose avec elle.

Comment expliquer alors à ce médecin plein de bonnes intentions le serment fait au bord de la tombe ? Comment lui dire la punition que je m'étais infligée pour avoir si peu et si mal aimé Sarah ?

Il y eut une fête au Domaine lorsque Renée et Ladislas fêtèrent les cinq premières années du centre équestre qu'ils avaient ouvert. Beaucoup de monde était venu à Rochefontaine. J'y étais aussi et je me suis retrouvé voisin d'une tante de mon gendre. Une veuve un peu plus âgée que moi. Bien faite de sa personne. J'ai bu ce jour-là.

Beaucoup bu.

Impossible de me souvenir comment je me suis retrouvé dans sa chambre ! Dans son lit. Elle m'a déshabillé... Le reste appartient à ma cuite. Il paraît que j'ai honoré Marouchka, puisque Marouchka elle s'appelait, et bien honorée... Trois assauts parfaitement menés, a confié Marouchka comblée. Je ne vais pas mentir, je me souviens de la fin de cette nuit. Je planais au-dessus des vapeurs d'alcool, et Marouchka était très active et encore séduisante. Ce fut un sentiment plutôt agréable, comme la découverte du corps féminin, l'année de mes seize ans, au cours des moissons chez un oncle dans les Ardennes. Cette année-là, Nini fit l'éducation de tous les garçons du village. Et jamais péché ne fut plus délicieux. J'étais un homme !

Quand je me suis réveillé, Marouchka a émis le désir de poursuivre cette aventure. Elle n'exigeait même pas le mariage. Elle tenait trop à sa liberté. D'ailleurs, elle avait, de temps à autre, des petits amis. Son veuvage avait signifié la porte ouverte sur la liberté et elle entendait bien la conserver. Cependant, et elle insistait, avec moi, la chose se passait très bien. J'avais, disait-elle, du feu dans les veines. J'ai souri par politesse. Oui, j'aurais pu aimer Marouchka, mais je lui ai dit que j'étais un être exclusif, et que cette nuit avait été une exception puisque j'avais promis à Sarah de ne jamais la remplacer. Marouchka fut très finaude.

– Mais s'envoyer en l'air de temps en temps, c'est seulement de l'hygiène, ce n'est ni remplacer ton épouse, ni la tromper !

– Je suis désolé, Marouchka, vous êtes aimable et

généreuse, mais c'est non. Nous devons oublier ce qui s'est passé cette nuit.

– Toi, dit-elle en me renversant sur le lit et en se jetant sur moi gourmande. Toi, tu oublieras, pas moi. Je suis sûre qu'on se reverra. Et si tu veux tout savoir, je suis prête à te suivre et à n'être qu'à toi. Tu es vigoureux comme un jeune de vingt ans.

– Sans doute…

Je m'étais relevé et avais gagné la salle de bains. Une bonne douche pour se défaire des traces de bassesse. Nous sommes bien misérables quand notre état d'humain colle ainsi à l'âme. Je n'étais pas très fier de moi.

J'ai eu l'occasion de revoir Marouchka au cours de repas de famille, mais j'ai pris soin de l'éviter, et surtout de ne pas boire. Avait-elle raconté notre aventure d'une nuit ? Si elle se livra à quelques confidences, ce fut discrètement, car mon proche entourage n'a jamais fait le moindre commentaire sur cette nuit. Pour ma part, j'en ai au moins tiré une leçon : se garder de porter des jugements hâtifs. Tout être humain est faillible. Je n'avais de leçon à donner à personne. D'ailleurs, fort de ce principe, j'entendais bien n'en point recevoir.

Je me relis, je rature, j'ajoute et je reste le nez en l'air. Je n'imaginais pas un jour évoquer cette aventure – dois-je l'appeler ainsi ? – avec Marouchka. C'est parce que je me suis souvenu de Juliette que cet écart d'une nuit m'est revenu. Je pensais cette histoire enfouie à jamais. Mouche, qui sait pourtant beaucoup de choses de moi, ignore ce coup de canif dans une vie très ordonnée. Je n'ose imaginer la tête qu'elle fera en découvrant l'inconduite de son beau-père. Allons, Mouche est une femme. Elle a vu tant de choses, autrement plus graves qu'une banale coucherie. Voilà, je vais mieux maintenant que les choses sont dites. On se fait un monde de broutilles qui n'ont guère d'importance. Au fond, que retiendra l'histoire de tout cela ? Rien, vraiment rien. Un peu de vent est passé. Un peu d'herbe s'est couché sur le sentier de la vie. S'il y eut des traces sur le sable, le même vent les aura effacées. Quant aux souffles et soupirs, le chant du vent les aura tout autant emportés. Qui sut qu'un jour de fête, l'ancêtre de la famille but plus que de raison et se laissa séduire jusqu'à faire des cabrioles une nuit ? Il n'y a pas de quoi fouetter un chat.

Cependant, je ne voudrais pas que l'on rie à propos de Juliette. Son histoire, la nôtre est d'une autre nature. Et si Sarah ne se sent pas trahie dans ce pays de lumière où elle s'est installée depuis 1957, la rencontre avec Juliette a ouvert dans ma vie des chemins inconnus jusqu'à dessiner des fleurs de beauté qu'elle a parfumées de son regard et de son humour. Me souvenir d'elle, de nous, me plonge dans un tel état que je ne sais par où commencer. Je ne voudrais pas griffer ces instants de grâce, faire perdre l'éclat de lumière qu'elle a jeté sur nos vies. J'en garde, plusieurs années après, le chaud rayonnement.

Juliette a ouvert tant de portes avant de disparaître… Pourtant, elle est restée si présente que je puis l'appeler. Jamais elle ne se dérobe. Elle s'offre encore à moi de temps à autre à travers un souvenir précis. Et mon regard, qui se fermait, peut à nouveau s'ouvrir ; le sang qui se figeait se remet à couler. Je voudrais tant qu'elle fût encore près de moi. Je l'entends rire et murmurer à mon oreille.

– Auguste, tu es trop gourmand, tu demandes l'impossible.

J'ai toujours voulu l'impossible. Sarah me le reprochait gentiment au début de notre mariage. Elle agitait son index droit pour me gourmander gentiment avant de se jeter contre moi. Oh, Sarah, tu fus la première ! Tu fus la reine de mon cœur. Tes yeux sombres lançaient des étoiles et ton chant courait sur les champs. Juliette n'a rien effacé. C'est même elle qui m'a aidé à cheminer jusqu'à toi, jusqu'à ce que je trouve la paix. Alors, j'ai pu aimer, sans t'offenser. J'ai pu aimer et, d'une certaine façon, te rendre hommage.

C'est comme dans un jardin. Ce n'est pas parce qu'un rosier meurt qu'il ne faut pas le remplacer, a dit Juliette. Ce serait faire une injure au jardin. Ne plus aimer, ce serait offenser l'amour.

*

* *

C'est déjà le soir et les yeux me piquent. La nuit tombe vite en décembre, je ne vois plus la forêt, je la devine, nue et frémissante sous le vent qui a fini de la dévêtir. Encore un peu, et je ne verrai plus rien du tout. Je pose mon stylo et je ferme mon beau cahier grenat. Tout à l'heure, je descendrai à la salle à manger. J'irai m'asseoir à ma table à côté de l'aquarium. Entre les algues, je chercherai les nouveaux petits poissons, et j'essaierai de voir s'ils ont grandi, en souvenir de Juliette.

*

* *

J'ai très peu dormi, j'aurais dû me relever et écrire. Depuis que j'ai commencé ce travail d'écriture, les rêves, parfois, se transforment en cauchemars et hantent mes nuits. Ma vie se trouve quelque part bouleversée. Cependant, le réveil me trouve apaisé parce que le désir d'écrire est toujours là.

Écrire est une étrange et belle activité. Écrire pour dire enfin ce qui fut tu trop longtemps et que j'aurais dû exprimer. Une parole peut être une caresse pour la personne qui la reçoit. Pourquoi en sommes-nous si avares ? Quelle est cette pudeur imbécile qui prive l'autre d'une once de parfum ? Faut-il atteindre d'impossibles sommets pour libérer les mots bienfaisants ?

J'ai trop attendu et j'en suis réduit à errer au bord des lacs et à chercher dans l'onde le pâle reflet de moi-même. Ma vie se dissout un peu plus chaque jour… Alors, j'écris comme on construit un mur, un rempart. J'écris comme on suit le courant. Les rivières vont se jeter dans les fleuves, enfin, pas toutes. Certaines. Quant aux fleuves, ils coulent inexorablement vers la mer. Que restera-t-il de nous, de nos battements de cœur ? Un souffle, une poignée de sable ? Alors, j'écris…

*

* *

Quand Juliette s'en est allée après m'avoir demandé de lui garder sa place, je n'ai pas regagné tout de suite ma chambre ou le grand salon de la Résidence. J'ai d'abord fait un tour de parc. Il ne gelait plus et quelques colverts glissaient doucement sur le lac. Juliette me manquait déjà. Comment une telle chose était-elle possible ? Que savions-nous l'un de l'autre ? Elle m'avait demandé de lui conserver sa place à ma table alors qu'elle avait poussé la porte de mon cœur. Voilà, c'est cela que j'aurais dû lui dire près du taxi. J'aurais dû la retenir, l'empêcher de partir. Je n'ai pas su, pas pu. Il fallait lui dire de ne pas m'oublier pendant cette absence qu'elle s'imposait, qu'elle nous imposait à tous deux. Quand je l'ai embrassée, elle a gardé les yeux fermés, mais elle souriait. De cela, je suis certain. Je n'ai pas rêvé. Avait-elle espéré un mot de moi qui eût changé le cours des choses ? J'étais ridicule de me torturer ainsi. Le taxi l'attendait, sa valise était prête, déjà chargée. Vieux fou, homme stupide ! Je n'étais pas tendre avec moi-même et, si mon âme était triste, je l'avais bien cherché.

Quand je me suis confié à Mouche venue m'apporter quelques crêpes le jour de la Chandeleur, elle ne s'est pas moquée de moi.

– Ce temps de l'absence vous fera du bien, Auguste. (Elle ne m'appelle jamais papa ou beau-papa, mais par mon prénom. J'aime assez. J'existe ainsi en tant qu'homme. Et tant pis si Renée, ma fille, en est choquée et murmure que Mouche n'a pas vraiment été éduquée.) Vous saurez ainsi tous deux où vous en êtes dans vos sentiments.

– Que voulez-vous dire par là ?

– Rien de plus. Juliette, comme vous-même, avez besoin d'y voir clair. Un peu plus que l'amitié vous unit. Mais tous deux ne pouvez encore nommer ce sentiment par son nom.

J'aurais voulu bondir de mon fauteuil. Lui dire qu'elle exagérait… Qu'elle pouvait garder son humour, la situation était déjà assez complexe pour moi. Mais Mouche n'avait pas l'air de plaisanter. Elle était très sérieuse. Elle a même ajouté qu'elle était très heureuse de savoir que je m'intéressais à quelqu'un.

– Cet état n'est pas si facile à vivre, ai-je soudain laissé tomber. Je me sens idiot, un vieux machin, et tout ça. Et puis, dans ma situation, à mon âge, c'est un peu indécent…

– Indécent ! Il n'y a que la bêtise qui soit indécente, Auguste. Je vous en prie. Suivez donc vos sentiments et ne tournez pas la tête quand un peu d'amour vous fait signe.

CHAPITRE 5

Ce n'est pas Nathalie qui m'a appris le retour de Juliette. Ce n'est pas Juliette non plus venue me surprendre dans le salon près de la bibliothèque ou dans le parc qui se préparait au printemps. C'est Louis et celle que j'appelle la reine Hortense, le petit couple des joueurs de Scrabble. Tous deux m'ont taquiné.

– Alors, Auguste, tu dois être bien content, Juliette est de retour. On a joué très tard hier soir, et on a vu le taxi qui l'a déposée avec une cargaison de bagages, a commencé Louis.

– Elle va sûrement s'installer définitivement dans l'autre bâtiment, sur le devant de la rue, dans le petit deux-pièces normalement réservé au personnel de la Résidence. Il est inoccupé depuis le mariage de la cuisinière qui a préféré habiter en ville. Un deux-pièces, c'est un peu étroit pour une famille, a continué Hortense.

– Juliette a les moyens et puis, c'est la tante de la directrice. Enfin, nous, on l'aime bien. Elle est dynamique, rigolote, elle va rajeunir l'esprit de la Résidence Azur. Pas vrai, Hortense ?

– Tout à fait, Louis. Je dirais même qu'elle a un

atout supplémentaire, elle ne fait pas d'histoire. Elle ne cause pas des uns et des autres.

– Ah ça oui, pas comme toi.

– Comment ça ? Tu me cherches Louis ? C'est ça ? Il faut toujours qu'il me chagrine, a gémi Hortense en s'adressant à moi.

Louis et Hortense ne peuvent s'empêcher de se chamailler, mais ils sont inséparables.

*

* *

Juliette était de retour. Pendant ces presque deux mois d'absence, elle m'avait envoyé quelques cartes postales lues et relues chaque soir. L'une d'elles avait été postée de Paris où elle avait fait un court séjour, et une autre dans les Vosges où elle avait encore un peu de famille. Elle n'y parlait que de son présent et ne disait rien de l'avenir, sauf à travers une petite phrase. « Je mets de l'ordre dans mes affaires. » Elle me racontait la grisaille poisseuse de Paris le jour, et l'agitation nocturne, les conversations très parisiennes à la sortie d'un théâtre où elle était allée voir *La Cantatrice chauve* de Ionesco. J'avoue que ce genre de théâtre ne m'émeut pas outre mesure. C'est pour les intellectuels. Moi, je suis un paysan. On ne pourrait d'ailleurs pas m'expliquer Ionesco, dirait Renée, ma fille, car Ionesco ne s'explique pas. Il se ressent. Il dit le dérisoire, l'absurde de l'humanité. Soit, va pour le dérisoire.

En lisant Juliette, je la sentais un peu triste, fataliste. Elle terminait sa missive par : « Je vous espère heureux et toujours en forme. » Rien de plus. Comme un collégien, je lisais et relisais les messages de Juliette et les rangeais dans les pages des livres que j'étais en train de lire. Mouche m'avait offert *La Petite Robe de fête* de Christian Bobin et j'avais acheté *Le Tour du monde d'un écologiste* de Jean-Marie Pelt.

Je ne me lasse pas de relire la prose poétique de cet écrivain qu'est Christian Bobin. Avec lui, vivre est un souffle d'enfance, quelques taches d'encre sur un joli papier. Nos âmes encombrées ont besoin de mots qui coulent telle une source étincelante au petit matin. Quant au livre de Jean-Marie Pelt, il fait froid dans le dos, bien que l'auteur veuille demeurer optimiste. Je me demande s'il ne prêche pas dans le désert. J'ai trop vu comment les choses se passaient quand je faisais vivre Rochefontaine. Le rendement, toujours le rendement, l'endettement. Une spirale infernale au mépris de la terre. Renée a bien fait d'arrêter l'exploitation agricole du Domaine. J'ai d'abord été froissé, fâché même, et puis j'ai compris qu'elle n'avait pas tout à fait tort.

Ainsi donc, Juliette était de retour pour s'installer, semble-t-il, définitivement à la Résidence Azur, enfin, juste à côté. Mon vieux cœur s'est emballé, mais je l'ai obligé à se calmer. Vieux fou, que vas-tu imaginer? Elle t'a oublié. Quelques cartes de politesse, mais sans te prévenir de son retour et toi, tu t'agites. J'eus un peu honte de ce désordre intérieur qui semblait s'être emparé de moi. Je repris mes lectures censées m'emporter en d'autres lieux, d'autres pays pour fuir le temps de l'incertitude. La relecture de *Tanguy* de Michel Del Castillo, un roman de jeunesse, mais fort des expériences humaines, m'a fait du bien. Je n'ai plus eu envie de me plaindre de quoi que ce soit.

*
* *

Puisqu'il faut aller se sustenter, allons-y ! Que je prenne au moins quelques forces afin de poursuivre ma tâche d'écriture. J'ai le sentiment qu'au retour de Mouche, je serai en paix avec moi-même. J'oserai même montrer ces pages à ma belle-fille. Elle pourra les lire et avec cœur. D'une certaine manière, elles s'inscrivent dans la continuité des carnets bleus de Sarah que Mouche a su lire avec lumière quand elle en a hérité à la mort de Lena, la femme de Moshe. Lena savait où Moshe, mon beau-frère, avait enterré les écrits de Sarah. Avant de mourir, elle en a révélé l'endroit à Mouche, car elle a estimé que Mouche devait savoir qui était son mari, de quelles blessures secrètes il était porteur. Sarah avait tant écrit sur la douleur de vivre au Domaine...

Aujourd'hui, Mouche se trouve quelque part en Amérique latine, mais je suis heureux que les choses se soient ainsi déroulées. C'est une femme généreuse. Elle m'a rendu les précieuses pages de ma femme avant de partir. Deux femmes m'auront aidé à surmonter la mort de Sarah, à me réconcilier avec la vie. Ma belle-fille et Juliette.

Je relis ce que j'ai déjà écrit sur mon beau cahier grenat. Je dois faire attention à ne pas trop me répéter. Les vieux, c'est bien connu, ça radote. Je n'ai sans doute pas le talent poétique de Sarah pour traduire les choses de la vie, mais je crois que mes interrogations rejoignent celles de Sarah. Quand j'écris, je lui parle, je lui réponds. Mes mots enlacent doucement les siens. Mais il arrive aussi que je m'égare, me perde... Mouche lira tout cela. Je ne redoute pas sa lecture. Elle ne rira pas des mots jetés sur le papier, des mots en quête de sens.

*

* *

Je m'en vais donc dans cette grande pièce, m'asseoir comme chaque jour près de l'aquarium. Mes yeux se poseront sur la place vide de Juliette. La place d'où elle contemplait le ballet des poissons, le petit théâtre d'eau douce, disait-elle. Afin d'alimenter notre conversation, discrètement, je m'étais renseigné auprès de Raymond sur la vie de ces petits poissons. Quels dangers couraient-ils ? Quelles maladies pouvaient-ils attraper ? J'étais même allé en ville et chez le libraire de Rochefontaine qui vend aussi la presse, et j'avais acheté une petite encyclopédie de poche sur les poissons d'aquarium. Tous les soirs, j'en tournais les pages, lisais un paragraphe, essayais de retenir les précieuses indications qui nourriraient nos conversations. J'aimais lorsque Juliette essuyait discrètement ses lèvres avec un coin de serviette avant de s'écrier :

– Eh bien, pour un néophyte sur les aquariums et leur population, vous êtes plutôt très documenté !

*

* *

Tout à l'heure, je laisserai le petit théâtre d'eau douce à ses activités, les guppy et Platy zyphophorus maculatus pourront apparaître ou disparaître derrière la maquette d'une corvette échouée sans que j'en sois ému. Moi, j'observerai le parc qui s'essaie au blanc. La neige le pare d'un voile léger sans parvenir à le couvrir totalement. Cette année, l'hiver est doux, trop doux pour notre région qui ne sait, ni ne peut vivre autrement que dans la rigueur des saisons.

Ce n'est pas Nathalie qui servait aujourd'hui. Elle a pris quelques jours de congé pour préparer les fêtes. Elle est ravie, paraît-il, de recevoir la famille de son mari qui va découvrir la Lorraine l'hiver. Elle espère la neige, beaucoup de neige pour que ces gens goûtent les charmes d'une région secrète qu'on dit injustement aride. Nathalie me manque, alors j'ai laissé mon esprit errer et me suis souvenu du retour de Juliette.

*

* *

À son retour, Juliette est venue s'asseoir très naturellement à ma table, à sa place.

– Si vous saviez comme je suis heureuse de vous revoir, Auguste ! Je ne vous ai pas prévenu, car je voulais vous faire la surprise.

Je restais sans voix. Elle parut s'en inquiéter.

– Mon retour ne vous fait pas plaisir, je dois changer de table ?

Elle avait assombri sa voix et ses yeux verts

s'étaient troublés. Je ne savais quelle contenance prendre, j'avais peur de croiser son regard, le faire eût été au-dessus de mes forces. Un gamin, voilà ce que tu es à quatre-vingt-quatre ans, un pauvre gamin au bord d'un caprice, ai-je songé avant de me ressaisir.

– Bien sûr que je suis content ! Vous voyez bien que je vous ai gardé la place, comme vous me l'aviez demandé.

Elle fit une petite moue. Son visage exprimait une sorte de ravissement. Je n'osais pas affronter son regard. J'allais bafouiller, montrer le trouble qui m'agitait. Mon Dieu, que je la trouvais belle… et désirable ! Mon cœur s'emballait. Je saisis mon verre, puis me ravisai et le reposai. Sot que j'étais, je devais d'abord servir Juliette. J'étais tellement troublé que j'en oubliais toutes les règles de bienséance. Lentement, Auguste, me dis-je, lentement, sinon la bouteille va t'échapper des mains. Juliette était servie. Ouf, je pouvais boire, retrouver un semblant d'équilibre. Juliette s'était-elle aperçue de la confusion intérieure qui s'était emparée de moi ? Elle orienta la conversation dans une tout autre direction et s'inquiéta de l'état des petits poissons.

– On dirait que l'aquarium est davantage peuplé.

J'avais retrouvé un peu de sérénité et lui fit compliment :

– Eh oui, en votre honneur les cichlidés nains, jaunes et noirs se sont reproduits. Raymond a pu isoler la ponte derrière la corvette, et vous les voyez se mélanger joyeusement aux discus bleus.

– Jolis, ils sont vraiment jolis, s'exclama Juliette. Et le parc, il est comment après cet hiver ?

– Très beau. Le printemps lui va bien. Vous le constaterez par vous-même.

– Nous irons ensemble. Vous voulez bien ?

Cette question était superflue et elle le savait. Mais Juliette était ainsi, très féminine, charmeuse. Quand elle voulait obtenir quelque chose, elle y parvenait. C'est dans le parc qu'elle me fit part de son grand projet et me parla d'elle. Et, pour ces quelques confidences, elle glissa son bras sous le mien le plus naturellement du monde sans craindre d'être vue. Louis nous aperçut, la reine Hortense aussi, ainsi que Joséphine, et Marthe… Et même Dédé que nous avons croisé et qui glissa suffisamment fort pour que je l'entende :

– Alors, Auguste, on ne se refuse rien ! Fais gaffe à la mère Ducret…

La plupart des résidents connaissaient la langue de vipère de la principale employée de la laverie. Elle savait tout des uns et des autres. Auprès du clan d'Agathe, une vieille fille fière de l'être, et de Marcelline et Simone, des jumelles que tous les résidents appellent les siamoises parce qu'aucun homme n'a jamais pu les séparer, Mme Ducret recueillait de précieux renseignements lui permettant de nourrir des rapports sur la vie de la Résidence. Rapports qu'elle s'empressait de transmettre à la direction.

On allait parler d'Auguste et de Juliette dans tous les couloirs de la Résidence. Tant pis, me dis-je, tant pis ! Il faut vivre pour soi et ne pas s'occuper des persiflages. Tout à son grand projet, Juliette n'avait pas relevé la mise en garde de Dédé.

– J'ai remarqué que bon nombre de personnes sont encore très vives et jouissent de toutes leurs capacités physiques et intellectuelles. Au lieu de périr d'ennui, elles pourraient s'intégrer à *notre* projet…

Comme elle y allait, Juliette ! *Notre* projet. Elle m'associait à une entreprise dont j'ignorais tout. Elle était déjà certaine que je dirais oui.

– Mais si, écoutez-moi, Auguste.

Elle serrait mon bras plus fort, s'y suspendait sans avoir l'air de se rendre compte du torrent qu'elle faisait couler dans mes veines. Puis elle lâcha son bras pour me faire face et exposer son idée. Une vraie démonstration.

– Nous allons monter une troupe. Ici, dans ce lieu, se rencontreront celles et ceux qui veulent bien y participer, non seulement de cette maison, mais également de Rochefontaine et des environs. La troupe devra toujours être accueillante.

– Une troupe de quoi ?

– De théâtre, de spectacle, voyons. Nous jouerons ici bien sûr, mais également dans d'autres lieux. Partout où existent des salles de spectacles. Je me suis un peu renseignée pendant mon absence. Les municipalités sont tout à fait favorables à ce projet. Le département pourrait même nous accorder une subvention. Les compétences existent dans les maisons de retraite. Nous avons tous exercé des métiers. Celles et ceux qui ne veulent pas monter sur scène peuvent aider à la confection des costumes, à la réalisation des décors, des programmes. D'autres peuvent prendre contact avec l'extérieur pour nous faire connaître, etc.

– Vous dites cela avec une telle aisance, Juliette. On dirait que le spectacle, le théâtre ont été votre élément.

– Auguste, le théâtre, le spectacle ont été ma vie. J'ai travaillé pendant très longtemps pour les Galas Karsenty.

– Vous étiez actrice ou chanteuse ?

– Les deux, théâtre et opérette.

– Et que disait votre famille de tout cela ?

– Ma famille proche ? Écoutez-moi bien, Auguste : pour faire du théâtre, j'ai dû quitter mes tuteurs. Mes parents étaient déjà morts. Pas de théâtreuse chez eux. Vous savez ce qu'on dit de ce milieu ? Sur scène et dans les coulisses, il s'en passe des choses… Des choses qui vous envoient en enfer. Quand j'ai commencé à m'exprimer sur le sujet, j'ai dérangé. D'abord, on ne m'a pas écoutée. Puis on a haussé les épaules. Enfin mon vieil oncle a grondé : « On est bien mal récompensé. Une gosse qu'on a recueillie, élevée, à qui on a payé des études et qui finira Dieu sait où, avec des idées pareilles ! » Je faisais vraiment désordre dans une famille de notaires, ou de gens qui travaillaient dans la fonction publique. Des métiers très sérieux pour des gens qui ne l'étaient pas moins. Il paraît que ma mère, déjà, avait été une originale en son temps en suivant un marionnettiste autrichien. J'étais bien sa fille. Alors, je suis partie, me promettant de revenir quand j'aurais réussi. Mais quand j'ai commencé à vivre de mon art, mes tuteurs n'étaient plus de ce monde. Je ne les ai jamais revus. Hélas !

Elle soupira en regardant le ciel tendu de légers voiles annonçant une pluie prochaine. Juliette ne parlait pas de son mari, ni de ses enfants, et je n'osais pas la questionner. Le devinait-elle ? Elle avait repris sa place à mes côtés. Elle s'arrêta soudain au bord du lac, me tendit une anse de son sac, que nous tenions ainsi à deux, pour qu'elle pût fouiller à l'aise et y dénicher quelques croûtes de pain destinées aux canards. Elle murmura comme pour elle-même :

– Quant à mon mari, metteur en scène, il a eu la mauvaise idée de mourir au bout de cinq ans de mariage. Nous n'avons pas eu le temps d'avoir des enfants. Il n'en voulait pas d'ailleurs, se trouvant trop âgé pour devenir père. Quand nous nous sommes mariés, il avait presque cinquante ans. Sa mort m'a laissée libre d'aller et venir. Mais je ne me suis pas remariée.

– C'est beau, la fidélité !

– Ne vous méprenez pas sur mon compte. Je ne suis pas vertueuse. Mon mari a été l'homme de ma vie, je n'aurais pas envisagé un autre homme que lui comme époux. Vingt ans nous séparaient, mais qu'est-ce que vingt ans quand l'amour est le centre d'une vie ? Il se savait condamné, il avait déjà eu un infarctus, mais ce grand séducteur n'a jamais pu se faire à l'idée de renoncer au tabac. Il m'a cependant fait promettre une chose, une seule : vivre, c'est-à-dire aimer. « Rien ne sert, disait-il, de garder les yeux fermés sur le monde. D'ailleurs, tu en serais incapable. Tu es trop jeune pour rester seule, et c'est ce qui me console. Je ne peux t'imaginer seule le jour et encore moins la nuit. Écoute bien, mon petit (il m'appelait ainsi) : "On ne rend hommage à la vie qu'en l'étreignant." » Alors, Auguste, je vais sans doute vous décevoir. Pour être fidèle à la promesse faite à mon mari quelques jours avant sa mort, j'ai aimé d'autres hommes. Oui, j'ai eu des amants. De vrais amants. Jamais d'aventures d'un soir, je déteste. Mais j'ai vécu quelques histoires fortes. Pas assez cependant pour avoir, comme on dit, l'envie de refaire ma vie.

– Je vous remercie de votre confiance, mais je ne vous demandais pas une confession.

– De toute façon, ajouta-t-elle en riant, vous ne pouvez pas me donner l'absolution. Absolution que je ne cherche d'ailleurs pas, dit-elle encore en riant et en reprenant mon bras. Mais, entre amis, on peut bien se faire quelques confidences. Et vous, Auguste, parlez-moi de vous ! Vous, si fidèle, extrêmement fidèle.

– Je n'ai aucun mérite à cela. Je porte le poids d'une telle culpabilité, qu'il m'est impossible d'aller vers les autres. La vérité, et c'est vous qui venez de m'ouvrir les yeux, c'est que je n'ai pas rendu hommage à la vie. Je n'ai pas su aimer. Ma femme surtout, qui fut la grande victime de ma faute, et mes enfants aussi, d'où le cortège de drames chez les miens. Mais est-ce utile de parler de tout cela ?

– Parlons-en au contraire, pour mieux nous connaître. Ce que je comprends en vous écoutant, c'est que vous vous êtes puni.

– Ah bon !

– Oui, en restant seul. C'est presque la même chose qu'une fuite ou une petite mort. Vous vous êtes dit, sans doute inconsciemment : il est préférable que je reste seul, et tant pis si je suis malheureux, ou plutôt tant mieux, c'est bien fait pour moi !

– Il y a de cela. Et je ne suis pas fier, mais alors, pas fier du tout.

– Je suis certaine que vous avez des circonstances

atténuantes et que vous êtes un chic type, quelqu'un de très bien qui s'ignore. On va travailler à cela. Vous allez m'aider à monter *notre* projet de théâtre.

– Moi ?

– Oui, vous, Auguste. Vous êtes musicien à ce qu'il semble. Ici, il y a parfois de petits concerts auxquels vous participez. Je le sais, je le sais. Eh bien, dans la pièce, du moins dans l'opérette que nous allons monter, j'aurai besoin de musiciens… Et puis aussi de personnes sachant s'exprimer, allant convaincre les uns et les autres de rallier notre cause.

Elle s'était arrêtée et avait mis sa main libre sur mon avant-bras. Elle me tenait prisonnier. Si elle avait su le tumulte qui m'agitait…

– S'il vous plaît, insistait-elle, vous m'aiderez, j'ai vraiment besoin de vous. Qu'est-ce que je vais faire si je n'ai pas de but ? Dans ces maisons ou résidences, comme on les appelle pour faire plus chic, on attend quoi ? La mort. Et on périt d'ennui en l'attendant. C'est mourir deux fois. J'ai envie, moi, de m'amuser, de me distraire, de redonner le goût de vivre à celles et ceux qui l'ont perdu. La mort viendra bien assez vite.

Elle avait mille fois raison, mais elle me donnait le vertige soudain. Jusqu'à son arrivée, j'avais plus ou moins réussi à occuper mes jours, à vivre sereinement. Et voici que cette petite femme, menue, vive, m'ouvrait des portes sur des mondes inconnus, séduisants, mais terrifiants aussi. Avais-je encore le désir de bousculer les événements et les personnes pour faire naître et aboutir un grand projet ? Juliette me laissa tout à mes pensées. Elle semblait faire glisser les siennes sur le printemps qui faisait l'amour à toute pousse, toute plante, tout arbre dans une infinie majesté. Un tel élan ne laissait pas indifférent. Qu'aurait dit Sarah ?

– Je vous mets dans l'embarras, n'est-ce pas, Auguste ?

– Un peu... Au fond, pas vraiment. C'est en songeant à mon épouse, à Sarah.

– Vous ne m'en avez jamais parlé, c'est si difficile ?

– J'avais une femme merveilleuse qui avait d'immenses qualités artistiques. La musique nous avait réunis. Mais je suis issu d'une famille de la terre, et j'ai été très faible face à ma mère chez qui nous avons vécu. La cohabitation fut douloureuse pour Sarah. Et notre couple en a souffert. Je n'ai rien vu...

– Ou rien voulu voir, corrigea Juliette avec délicatesse.

– C'est cela, un beau gâchis. Sarah en est morte. C'était il y a longtemps, mais pour moi, c'est encore hier.

– Parce que vous n'avez pas su vous pardonner. Vous savez, on ne rend les autres heureux qu'en l'étant soi-même.

Comme elle disait bien les choses ! Soudainement, tout s'éclairait en moi. Mais il était trop tard.

– Il n'est jamais trop tard pour vivre et rendre heureux, Auguste.

– Voulez-vous bien m'écouter et m'aider, je vous en prie, suppliait-elle avec une petite moue enfantine qui eût pu être ridicule chez d'autres personnes, mais lui donnait, à elle, un certain charme.

– Je crains de vous décevoir.

– Eh bien, je veillerai à ce qu'il n'en soit pas ainsi. Allons de ce pas trouver la directrice, ma chère nièce, pour organiser une petite réunion d'information à la Résidence. Il ne faut jamais remettre à plus tard ce qui peut être fait le jour même, ensuite… Ensuite ? Eh bien, ensuite, ce sera la surprise.

Je dus la suivre. Heureusement que j'avais de l'entraînement en marchant chaque jour et sans canne, car Juliette accéléra le pas, ne s'intéressa plus au parc. J'aurais voulu attirer son attention sur les tulipes qui se dressaient dans les massifs. Ou bien sur le mariage des couleurs entre végélias roses et corettes jaunes du Japon. L'immense jardin de la Résidence explosait de couleurs variées sous la poussée d'un printemps éclatant. Juliette poursuivait son idée, et pour ce faire, elle me menait au pas de course. J'admirais sa détermination. Côtoyer une telle femme, c'était l'assurance de repousser l'ennui aussi loin que possible.

Mouche avait promis sa visite le dimanche suivant. J'en aurais des choses à lui raconter à propos de Juliette et de ses projets.

Chapitre 6

Louis et la reine Hortense se sont annoncés pour venir me raconter leurs vacances dans le Vaucluse. Ils ont promis de me faire goûter un petit vin découvert pendant leur périple. Je les attends en lisant le journal. À Nancy, la vie culturelle est intense. Parcourir l'affiche des différentes rencontres culturelles de ce week-end m'emporte inévitablement quelques années en arrière…

*
*   *

C'était un dimanche après-midi, tranquillement installé dans mon fauteuil de cuir, je lisais. Mouche allait arriver d'une minute à l'autre. J'aime ce vieux fauteuil au cuir patiné par les ans. Pour lire, c'est le meilleur endroit qui soit. Parfois même un peu de sommeil passe et m'enlace après le repas de midi. Une délicieuse sieste à laquelle je m'abandonne. Ce jour-là, comme elle en a l'habitude, Mouche est entrée en même temps qu'elle sonnait.

Mouche ne cessera jamais de m'épater. D'elle

émane une beauté naturelle qu'elle semble ignorer. Elle ne sait pas combien elle peut être jolie. Elle garde un teint ambré été comme hiver. Gabriel disait qu'elle avait la peau « pain brûlé » avec un regard de lilas mauve bien peu commun. Elle a toujours les cheveux fous, une jolie masse de cheveux sombres qui commencent à se parer de fils d'argent, qu'elle ne teindra pas, dit-elle, car ils ne sont pas plus lourds à porter que les autres. Elle a gardé une taille de jeune fille et un visage épanoui. Le charme, un soupçon de sérénité la rendent vraiment sympathique. On a envie de l'approcher, d'en faire une amie. Elle sait prendre le temps de s'asseoir, d'écouter. Comme ce dimanche-là, quand j'évoquais le grand projet de Juliette. Je lui confiais aussi mes doutes face à une telle entreprise. Mouche secouait la tête. Elle n'avait pas autant de craintes que moi. Elle se voulait rassurante et demeurait persuadée que tout irait bien. Elle prit mes mains dans les siennes et me força à me lever de mon fauteuil pour me faire tourner de gauche à droite et de droite à gauche.

– Mais c'est parfait, Auguste. Vous tenez une jolie forme et vous êtes aussi souple qu'un jeune homme. Juliette a raison de vous entraîner dans cette aventure.

– Reste que c'est difficile à vivre !

– Mais non, ce n'est pas difficile. Une chose après l'autre. L'essentiel est acquis. La direction de cette maison de retraite favorise cette initiative, la mairie aussi, les communes avoisinantes également. Beaucoup de personnes sont prêtes à faire partie de cette troupe, sans compter celles extérieures à la Résidence Azur qui vont se joindre à vous. On en parle en ville, du fabuleux projet de Juliette. Elle ne reste pas inactive. Vous n'avez pas lu *L'Est républicain* de ce matin ?

– Pas encore, le dimanche, je vais d'abord à la messe et au cimetière.

Mouche avait saisi son grand sac. Il recèle des choses pas possibles quand elle vient me voir. Livres, revues, friandises, disques. Des présents qu'elle me destine, mais elle en réserve aussi aux résidents moins chanceux. Il faut bien, dit-elle, leur offrir un peu de chaud au cœur.

– Attendez, Auguste, restez assis surtout. Le voilà, ce journal, à la page Spectacles !

Mouche dépliait les pages du quotidien lentement, très lentement pour faire durer le suspense.

– Vous allez voir ce que vous allez voir…

J'eus un choc quand elle me présenta ensuite la page où Juliette se trouvait en photo avec un gros titre : *Juliette Girault crée la Compagnie des Foulards bleus.* « Le premier spectacle de cette nouvelle troupe théâtrale aura lieu au Théâtre Gérard-Philipe de Rochefontaine. » Dans cet article, Juliette expliquait l'accueil réservé à ce projet destiné au plus grand nombre. Interviewée, elle déclarait vouloir briser l'isolement, faire se rencontrer les uns et les autres. L'article du journal disait que les répétitions avaient déjà commencé et que tout se mettait bien en place pour que la première ait lieu en automne. Juliette ajoutait qu'elle avait quasiment obtenu l'assurance de pouvoir produire son spectacle à la salle Poirel ou dans d'autres théâtres à Nancy et même à Metz… L'article précisait encore que Juliette, la cheville ouvrière de cette entreprise, serait bientôt secondée par Alessandro Kurova, metteur en scène roumain connu en France pour avoir notamment monté plusieurs pièces de Tchekhov et de Ionesco à Paris. Alessandro Kurova cité dans l'article trouvait l'idée de Juliette excellente.

Je n'en revenais pas. Juliette m'étonnait toujours. Je lisais et relisais la page du journal. Quelle audace chez elle ! Quel dynamisme ! Quelle fougue ! Pour elle, tout peut se faire dès l'instant que la chose est pensée. Je me souviens avoir été un peu inquiet, me disant : Juliette vient de nous hisser à bord d'un curieux bateau pour nous embarquer dans une aventure peu commune. Pourtant, ce dimanche après-midi-là, mon questionnement, mes craintes ont été quelque peu bousculés. On avait sonné à la porte de mon petit studio. Mouche s'était levée pour aller ouvrir. Victorieuse, le journal à la main, Juliette se tenait sur le pas de la porte.

– Vous avez lu, Auguste, nos affaires avancent. Oh ! pardon, vous avez du monde.

Je fis les présentations.

– Ma belle-fille, Mouche.

En y songeant aujourd'hui, je suis presque certain que Juliette était au courant de la présence de Mouche. Une petite curiosité bien féminine. Elle avait eu envie de la rencontrer. Mouche souriait, s'amusait gentiment de ma gêne.

– Et si nous parlions de ce grand projet à la cafétéria ou dans le parc ? lança Mouche. Peut-être pourrais-je vous aider, entre deux livres ?

– Non seulement on peut, mais on doit nous aider,

affirma Juliette qui ne doutait pas un seul instant de la réussite de ce spectacle. Nous allons interpréter de larges extraits de *La Veuve joyeuse*. Seules les scènes importantes seront jouées, chantées et dansées. Les liaisons se feront sur fond musical. Tandis que défileront de superbes paysages, un récitant, qu'on ne verra pas, évoquera l'histoire pour que le spectateur ne soit pas perdu. Il faut ramener le spectacle à cinquante minutes. J'ajoute que ce sera la version allemande. Les versions françaises ont massacré l'œuvre de Lehar. Je me souviens de l'interprétation d'Élisabeth Schwarzkopf en 1963, ce fut un réel bonheur. C'est d'ailleurs celle que les Galas Karsenty avaient reprise pour une tournée. J'avais quant à moi déjà chanté avec Schwarzkopf à Vienne, une fois. Si, si. J'ai été à l'époque une des grisettes, un remplacement au pied levé, sans faire de jeu de mots. J'étais jeune et encore très alerte. Un french-cancan ne me faisait pas peur.

Juliette s'enthousiasmait. Son regard était lumineux, habité. Mouche ne la quittait pas des yeux sauf pour m'adresser un haussement de sourcils qui exprimait l'admiration, le ravissement. Elle semblait me dire : Auguste, tu es un veinard, voici une personne qui va ensoleiller ta vieillesse, mettre le feu dans ta vie. Le feu dans ma vie… Elle l'avait mis dans mes veines, Juliette, et je savais bien que plus rien ne serait comme avant. Déjà, je me tracassais, mais, volubile, Juliette poursuivait avec la noble intention de persuader Mouche tout acquise à ses idées.

– En première partie, nous aurons la Chorale des Quatre Vents et quelques artistes de la région, des chanteurs, des comiques…

À la cafétéria nous avons bavardé et ri tous les trois. Juliette était surprenante, s'intéressait à Mouche qui évoquait pour elle les livres qu'elle traduisait. Écrire ses propres livres ? Il faut du temps, de la maturité. Elle n'y était pas encore, disait-elle. Peut-être n'y serait-elle jamais. Oui, elle avait écrit sur les secrets de famille et un recueil de nouvelles. La nouvelle est son jardin secret. Mais les éditeurs s'y intéressent peu. C'est comme la poésie. Tout le monde en écrit, mais personne n'en lit. Ce serait pour plus tard, peut-être, ajoutait-elle, mystérieuse.

Juliette savait convaincre. Au fil des jours, le spectacle prenait forme. Toute la maison de retraite vivait à l'heure de *La Veuve joyeuse* interprétée par Juliette en attendant de trouver une artiste plus jeune pour le rôle. J'aimais le terme de jeune artiste sur ses lèvres. Quelle discrétion ! Il fallait, disait-elle encore, savoir rester à sa place. Personnellement, je la voyais bien dans ce rôle. Juliette était beaucoup plus jeune que moi. Dix-huit ans devaient nous séparer. Elle était restée tellement vive et mince qu'elle pouvait fort bien se glisser dans la peau de ce personnage sans choquer. De plus, elle chantait juste. Une voix fort agréable qu'elle plaçait très correctement. Elle passait de longs après-midi à recevoir, à entendre, à faire bouger d'éventuelles actrices. Quand elle hésitait, elle venait me chercher. Je ne voulais pas lui apporter mon aide pour la bonne raison que le théâtre, les spectacles sont des genres qui me sont étrangers. Je vois, j'apprécie, mais je n'ai pas l'œil d'un professionnel. Or Juliette savait se montrer persuasive.

– Auguste, je vous demande seulement de vous

asseoir et de regarder. Je crois avoir trouvé mon Camille pour donner la réplique à Valencienne, la femme du baron Zeta qui se veut « respectable » malgré son inclination pour Valencienne.

– Ah oui, je sais, elle peut facilement berner son mari puisqu'elle a écrit : « Je suis une femme respectable » sur son éventail.

– Bravo, Auguste ! Vous connaissez l'histoire.

– Oui, certes. Du moins, depuis le début de cette entreprise, on ne parle plus que d'Hanna, Zeta, Camille, Valencienne, Danilo. Moi, je suis curieux de savoir si vous conserverez les extraits se déroulant dans le cabaret parisien.

– Je vous vois venir, Auguste, avec les scènes des grisettes.

– Oui, parce que là, et sans être particulièrement coquin, je ne vois ni Edmonde, ni Valentine et pas même Rose en train de danser le french cancan.

– Tout est prévu. L'école de danse de Rochefontaine prêtera quelques-unes de ses jeunes danseuses. Quant à nos chères résidentes, elles feront de la figuration en agitant des éventails. Bien vêtues, coiffées, maquillées et poudrées comme il se doit, l'illusion sera parfaite.

Victorieuse, Juliette s'était inclinée comme devant un public. L'humour auréolait son charmant visage. Cependant, elle revenait à son idée. Elle s'était approchée de moi et avait glissé son bras sous le mien.

– J'ai besoin de votre avis, Auguste. Je voudrais savoir ce que vous pensez du jeune homme qui s'est présenté tout à l'heure. Il sait chanter, je l'ai vérifié, et il fait partie des chœurs de l'Opéra de Nancy. Mais sera-t-il un Camille crédible, c'est-à-dire capable de faire craquer notre Valencienne, déjà une star locale ? Saura-t-il la faire rêver en évoquant « l'amour semblable à un bouton de rose qui s'épanouit au cœur du mois de mai » ?

– Juliette, c'est votre élément, pas le mien.

– C'est le nôtre maintenant.

Parfois, je me fâchais et déclarais à Juliette que je préférais me retirer de la Compagnie des Foulards bleus. Son passe-temps devenait trop envahissant, obsédant et je ne voyais pas l'intérêt d'ajouter de nouveaux soucis à une vie qui venait de trouver un peu de paix. Oui, j'allais me retirer.

– Vous me feriez cela ! Vous m'abandonneriez ! Mon meilleur ami me trahirait. Oh, que je suis triste, triste à en mourir !

Comédienne ! Je savais que Juliette usait de son art pour me faire céder. Elle partait en traînant les pieds, les épaules affaissées. J'imaginais sa tristesse, le chagrin peut-être. Comédienne, comédienne, me répétais-je pour ne pas céder, mais j'étais dépité. Elle allait dans le parc, au bord du lac, donner du pain aux canards. C'est là, en général, que je la rejoignais et faisais amende honorable, car il m'était impossible de l'imaginer contrariée.

– Juliette, je ne voulais pas vous froisser.

Elle gardait le silence, me plongeait dans l'embarras jusqu'à ce que je risque une main sur un de ses bras. Alors, elle se retournait lentement, soupirait.

– J'ai eu très peur, vous savez, Auguste.

Aujourd'hui, en écrivant ces instants, je me dis que

ces petites brouilles, si elles avaient eu lieu alors que nous étions très jeunes, auraient fini dans un éclat de rire entre deux baisers, mais l'un et l'autre nous savions bien que nous étions déjà loin sur le chemin de la vie. Moi, en tout cas. J'avais quatre-vingt-quatre ans et Juliette avait encore quelques années devant elle avant de fêter ses soixante-dix ans. Du reste, je ne m'expliquais pas sa décision. Pourquoi s'était-elle installée définitivement en ces lieux alors qu'elle était encore si jeune ? Armand et Désiré que je rencontrais souvent à la réunion des Anciens Combattants se posaient les mêmes questions, tout en me taquinant.

– Il y a anguille sous roche, n'est-ce pas, Auguste ? On vous voit beaucoup ensemble, vous allez finir à la colle tous les deux, disait Désiré en riant.

– Mais non, je suis trop vieux pour elle. Elle peut prétendre à mieux.

– Tu es encore drôlement bien conservé pour ton âge. Tu sais ce que tout le monde dit de toi : droit comme un i, fort comme un chêne. Regarde le pauvre Momo, comment il est, tout cassé et plus jeune que toi avec ça. Remarque, ça ne l'empêche pas de faire des galipettes…

– ?

– Ben oui, avec la Rose.

Désiré avait relaté la malheureuse aventure de Momo et de Rose peu avant l'arrivée de Juliette.

– Joëlle, une remplaçante de Nathalie, les avait surpris. Elle passait dans le couloir et avait entendu des bruits étranges venant de la chambre de Rose – c'est ce qu'elle a écrit sur le rapport. Tu n'es pas au courant ? On n'a parlé que de cela à la Résidence, juste avant la Toussaint. La directrice les a convoqués dans son bureau. Comme à l'école. Il paraît que les aventures extraconjugales sont interdites à la Résidence, qui doit rester un lieu « respectable ». Nathalie n'avait jamais rien dit. Elle ferme les yeux et estime que chacun a le droit de vivre. Cette Joëlle, pour qui elle se prend ! On dirait l'ancienne économe. Tu te souviens de Mlle Clairvaux et de ses airs soupçonneux ? Dès qu'un homme de la Résidence était galant, un peu aimable, elle le traitait de vieux cochon, et ce, devant tout le monde.

– Si je comprends bien, avais-je dit, quand on entre à la Résidence Azur, c'est comme si on entrait au monastère. Il faut garder les yeux levés au ciel, pour devenir des anges.

– C'est ça. Bien vu ! Tu as tout compris, Auguste, avait dit Désiré, l'œil amusé. Je vais te faire une confidence. Quand je me suis placé ici, ce n'était pas pour faire des conquêtes, vu que, depuis mes traitements pour la prostate, « mon gicleur, il est comme bouché ».

Désiré use toujours d'expressions très personnelles pour évoquer l'intime de sa personne. Avec lui, il faut décoder.

– Tu as bien de la chance, Auguste, de pouvoir encore courir le guilledou. Moi, c'est du passé. Remarque, si je me suis placé ici, à la mort de ma pauvre Simone, c'est pour ne pas emmerder mes enfants. Mais tu vois, Auguste, si je pouvais encore, je me paierais du bon temps, et ce n'est pas la mère Ducret ou cette peste de Joëlle et encore moins Mme la Directrice qui m'empêcheraient de « biscuiter » où j'en ai l'envie. Ici, les occasions ne manquent pas. Il y en a des dames à honorer… Je ferais comme le Momo.

J'ai laissé Armand et Désiré à leurs considérations vaguement intimes et sociologiques. J'ai trouvé pour ma part scandaleuse cette chasse à la faute. La sexualité est une chose naturelle. De quel droit fixer des interdits à des êtres humains dans des registres aussi privés ?

Moi, je pensais à Juliette qui me troublait vraiment. Un trouble délicieux, mais qui me mettait mal à l'aise. Certainement un vieux reste d'éducation judéo-chrétienne mal comprise. Ainsi, on s'interrogeait sur Juliette et moi. Nous étions, il est vrai, souvent ensemble, surtout depuis la préparation de ce spectacle, mais rien ne se produisait. Je voulais me rassurer en me disant : « Tu te fais des idées. Si elle a besoin de compagnie masculine, jeune et belle comme elle est, ce n'est sûrement pas toi qu'elle ira chercher. »

Nous étions en fait préservés l'un et l'autre grâce à ma timidité. Je n'étais pas plus vertueux qu'un autre. Certains soirs, un désir violent empêchait tout endormissement. Je songeais à notre journée, aux menus détails, j'analysais tous mes comportements, mes gestes ébauchés mais si vite retenus, arrêtés. La crainte de perdre Juliette, d'être ridicule me paralysait. Avancer ma main vers elle était déjà un exploit fabuleux. Parfois, je pensais lire dans son regard ou dans une expression qui illuminait son visage le contentement d'une telle démarche. Car les femmes sont ainsi, vous scrutent, vous décortiquent, vous passent au scanner et vous mettent à nu. L'avais-je contrariée, déçue ? Je m'appliquais à ne jamais lui déplaire. Et quand nos différends ou petites brouilles se terminaient par ces retrouvailles au bord du lac, une onde de bonheur me parcourait. Il est vrai que j'eusse aimé me trouver seul avec elle dans un lieu où personne n'aurait risqué de nous surprendre. Qui sait ce que j'eusse osé alors ? Ouvrir mes bras, la serrer contre moi, respirer ses cheveux qu'elle entretenait avec soin. J'y songeais le soir en me déshabillant. Je me regardais dans le grand miroir au-dessus du lavabo et secouais la tête de gauche à droite en me gourmandant.

– Tu n'es qu'un vieil idiot, un vieux bonhomme qui a la tête retournée et le cœur à l'envers. Mais quand bien même tu la tiendrais ta Juliette, entre tes bras aux chairs un peu flasques et ridées, que pourrais-tu faire ? Regarde-toi dans la glace. Le visage, ça va. C'est vrai, tu as de la chance. Un beau visage, pas trop ravagé. Tu n'as ni bu à l'excès, ni fumé. Tu as des cheveux encore, un peu indisciplinés qui frisottent dès qu'ils dépassent une certaine longueur. Mouche te taquine et te dit que ça te donne un petit air de philosophe. Et puis, ton corps, qui a travaillé la terre, n'est pas marqué. Tu peux te regarder de face, de côté, tu es encore bien foutu. D'ailleurs, tu n'as pas le ventre qui descend jusqu'à masquer l'intime du bel homme de la terre que tu fus. Svelte, mais oui. Mais, nu devant le miroir, si, si, tu vas être… un peu… déçu. Surtout, ne regarde pas trop vite en dessous de ta ceinture, ta chose, ta pauvre chose a pris de l'âge, même si elle se dresse parfois à ton insu. Ridée, un peu ballottante. C'est ainsi, on ne peut pas être et avoir été.

Je pinçais mes joues, gonflais mes biceps, tentais de crisper les muscles de mes cuisses. Et puis, je risquais un regard sur mon bas ventre. Je tirais sur la peau. Ah ! pauvre de moi, me disais-je, ce dard dont tu fus si fier te trahirait. Tu ne pourrais sans doute plus vraiment honorer la dame de ton cœur. Calme donc tes ardeurs autrement que dans d'impossibles rêves.

Il fallait être sévère avec moi pour raison garder. Il fallait me battre encore et encore pour garder hauteur et dignité face à la situation. Je ne voulais pas être ce que l'on appelle un profiteur, ou une sorte de vieux don Juan. Juliette était une dame, une grande dame et non une, une… Marouchka. Ah ! Faut-il qu'elle revienne troubler ces instants, cette femme triviale, cette sauteuse d'un soir !

La honte me venait en me couchant. Honte, que je chassais en refaisant mentalement ma promenade au bord du lac. Bien sûr que mon corps était un peu flétri. Bien sûr qu'il avait pris de l'âge ! Les marques du temps l'ont façonné, marbré. Mais mon cœur, lui, il s'emballait, comme lorsque j'avais rencontré Sarah en Alsace. Mon cœur, lui, il cognait avec la même vigueur. J'en voulais au Créateur de ne pas savoir ralentir ces battements, de ne pas avoir su inventer un sentiment paisible qu'on appellerait « douceur du soir » comme une infusion et qui serait « l'amour des vieux », tout simplement.

Or, ce délicieux trouble, ce trouble amoureux, ce sentiment d'amour chez les personnes âgées, et je l'expérimentais, peut se traduire avec la même violence qu'à vingt ans. L'élan est aussi fort et fait croire à la personne qu'elle a retrouvé tout son potentiel quand le rythme cardiaque s'emballe. C'est la mécanique, le corps usé qui risque de ne pas suivre. Il me fallait donc apprendre à calmer ce cœur bien farceur, toujours prêt à changer de vitesse. Il me fallait aussi apprendre à vivre avec ce sentiment nouveau qui allait grandissant de jour en jour. Face à Juliette, saurai-je lui inspirer de paisibles paysages où il ferait bon aller sans être tourmenté par la danse des corps ?

J'avais aimé Sarah. J'avais été fou d'elle. Je m'étais promis de lui demeurer fidèle, et voilà que Juliette bouleversait ma vie. Quel bonhomme étais-je donc devenu ? Je ne me reconnaissais plus. L'épisode Marouchka n'avait pas été l'amour. Je le comprenais maintenant. Rien d'autre que la sexualité. Une sexualité animale, indépendante du sentiment qui irrigue le corps sans intervenir sur l'esprit ou le cœur. Un exercice dont je m'étais bien tiré, disait cette femme adepte de gymnastique hygiénique. L'amour pour l'amour et le plaisir que l'on en tire, et pour calmer un trop de tension. Rien de malsain dans ce besoin et cet acte aussi vieux que la nuit des temps, disait encore Marouchka. C'est la nature.

Ce que j'éprouvais pour Juliette était justement d'une tout autre nature. Ce sentiment-là mettait en péril le serment fait au bord de la tombe. Je le comprenais lorsque nos regards se croisaient. Je le compris pleinement lorsque Alessandro, le metteur en scène, arriva un jour à la Résidence Azur.

CHAPITRE 7

Louis et la reine Hortense viennent de repartir. J'avais tant pensé en les attendant, après avoir lu le journal, que le poignet me démangeait pendant leur visite. Je me disais : s'ils restent trop longtemps, je vais tout oublier de ce que j'ai à écrire. Un peu d'angoisse me venait. Pourtant, je n'ai pas vraiment de difficulté pour raconter ce temps, ce temps habité par Juliette. Ce sont des souvenirs qui font écho aux années vécues avec Sarah. Les événements s'enchaînent, s'ordonnent avec une facilité qui n'en finit pas de m'étonner. Toute ma vie s'étale, les événements passent devant mes yeux. Le passé n'a guère plus d'importance que mon présent et réciproquement. J'en suis surpris. Si un peu de trouble ou d'émotion s'empare de moi au moment d'écrire, je sais qu'après avoir mis en mots les maux de la vie, je me sentirai mieux.

L'arrivée de Louis et de la reine Hortense a interrompu mes pensées sur Alessandro. Tout en les écoutant relater leur escapade dans le Sud, tout en regardant les photos de quelques jours heureux et ensoleillés au cours de l'hiver, je songeais, je songeais à ce

Roumain, ami de Juliette, qui figea tout mon être quand elle me le présenta.

– Auguste, aujourd'hui est un jour béni des dieux. Alessandro accepte de venir nous aider à monter cette *Veuve joyeuse*. Son regard, sur l'ensemble du travail que nous avons déjà accompli, va nous aider. Notre spectacle sera extraordinaire !

Alessandro caressait légèrement son menton. Son regard de velours noir savait devenir très dur et plonger dans une nuit dont on pouvait se demander si elle verrait le jour se lever. Un abîme insondable. Tout devait se passer dans les profondeurs de l'être chez cet homme-là, bien plus jeune que moi, séduisant.

Tellement séduisant !

Un visage de prince exilé, une auréole de cheveux sombres, un merveilleux teint cuivré. Il avait tout pour lui aux yeux de Juliette, et moi, moi, je n'avais rien pour elle. Il la regardait et m'observait. Il me jugeait, je le sentais, le ressentais. Qu'étais-je ? Un vieux bonhomme, un cul-terreux en résidence, comme l'ensemble des gens d'ici. Par contre, il me semblait que ses yeux se faisaient braise lorsqu'il les posait sur Juliette. Le feu du mâle, sans doute.

J'en éprouvai immédiatement de la jalousie. Je sus ce qu'était la jalousie. Une flamme dans le cœur capable de fouetter les sangs du plus sage des hommes. L'envie de dire des choses très désagréables, méchantes même, de cogner peut-être ? Et quand il prit la main de Juliette pour la porter à ses lèvres, je dus me retenir. J'aurais pu le gifler. Quel comédien ! Mais surtout, quel culot !

Pendant une semaine, il assista aux répétitions.

Des jeunes gens des petites villes des environs s'étaient joints à la Compagnie des Foulards bleus, et il faut bien avouer que l'ensemble du spectacle prenait forme. Camille face à Valencienne, interprétée par une jeune femme de la Chorale des Quatre Vents se débrouillait très bien. Juliette se prenait à rêver en l'écoutant chanter. Elle se disait qu'il y avait peu de chose à supprimer. Elle voulait garder la scène de quiproquo dans le pavillon. Une scène importante, disait-elle, puisqu'elle permettait la révélation des sentiments en sauvant l'honneur d'une dame, Valencienne en l'occurrence, qui cherche à marier Camille à Hanna, cette jolie veuve fortunée qui n'a de regard que pour Danilo, le diplomate.

– Donnez-moi la réplique, lançait soudain Juliette qui se dépensait sans compter.

– Allons, Auguste, je vous ai entendu, vous savez presque par cœur et en allemand cette *Veuve joyeuse*.

– La version allemande est plus belle, les textes plus…

– Sensuels, c'est cela, je partage votre avis, je vous l'ai déjà dit. Vous voulez bien être mon Danilo pour quelques répétitions, le temps que le jeune couple pressenti par Alessandro arrive ? Ainsi, nous ne retarderons pas le spectacle.

Juliette savait convaincre. Elle voulait reprendre à la fin du premier acte, la scène de la fête, celle dite du « Choix des dames », lorsque les dames invitent à la danse leur cavalier. J'ai dû vanter les mérites de la danse et de la valse.

– Auguste, vous savez encore cet extrait des roses et des violons ?

– À peu près, Sarah le fredonnait souvent en allemand. La version française n'a pas grand-chose à voir avec l'histoire originale. Et je suis heureux que vous ayez choisi cette version sans avoir voulu franciser les prénoms des acteurs.

– Alors, on y va ?

– C'est très subtil, avais-je dit, avant de chanter :

Wie die Blumen im Lenze erblühn
und in leuchtenden Farben erglühn
so erblühet in rosigster Glut
lockend der Töne Flut.
(Comme les roses au printemps
fleurissent et s'embrasent en teintes éclatantes,
de même fleurit en une rose ferveur,
le flot séducteur de la musique.)

– Le flot séducteur de la musique, le flot séducteur de la musique n'agit pas beaucoup, gronda soudain Juliette.

– Parce que je chante faux ?

– Non, très juste au contraire, mais que diable, dansez ! Vous le pouvez !

Et ce fut Juliette, qui se glissant dans mes bras continua, m'obligeant à poursuivre et à tourner.

Wenn die Geige zo zaubrisch erklingt
und Musik sich den Reigen erzwingt…
(Quand chante le violon cet enchanteur,
que la musique emporte toute sa ronde…)

Elle m'obligeait à tourner avec elle. Mon Dieu, que

cet instant fut magique ! J'en garde encore la trace dans mes veines. Mon cœur s'affolait.

– Juliette, ai-je murmuré en français, vous connaissez la suite, je vais vous traduire...

« Alors avec entrain, et sans hésiter, car c'est la jeunesse qui parle, la danse est le devoir des jolis petits pieds. » *(Es ist der Tanz holder Füssschen Pflicht !)*

Avais-je rêvé ? Juliette restait dans mes bras. Si nous avions été seuls, je crois que... oui, je crois que je l'aurais embrassée. J'aurais posé mes lèvres sur ses lèvres frémissantes. Son regard s'était fait implorant et nous ne pouvions nous quitter.

Certains soirs, me revenait le souvenir de cet instant. Je tenais Juliette dans mes bras et reprenais :

Wenn die Geige zo zaubrisch erklingt...

Ces violons-là nous avaient ensorcelés et liés à jamais. Alors, je me penchais sur Juliette pour déposer un baiser sur sa tempe. Elle fermait les yeux et les cieux s'ouvraient. Sur un lit de pétales de roses, elle pouvait être mienne. Je ne me dérobais plus. Je n'avais plus honte de mon vieux corps. L'amour embellissait nos regards. Nous étions beaux dans l'amour. Un tourbillon nous emportait en un pays où aucune ombre ne pourrait jamais rien contre nous.

La réalité est autre que le rêve de beauté et de bonheur. Ma vie repassait sans cesse devant moi. Aux moments de solitude, je percevais avec une précision extrême mes lâchetés et leurs conséquences. Je n'avais pas été digne de Sarah. Et si je regardais ma descendance, les rangs en étaient déjà clairsemés. Pourquoi n'avais-je pas compris les souffrances de Gabriel ? Pourquoi n'avais-je rien vu des vils agissements de Gilles ? Aujourd'hui, tous deux sont morts. Comment me laisser aller au bonheur sachant que je n'aurai pas été son meilleur serviteur ?

Que nous sommes idiots parfois ! Nous croyons au bonheur le jour de notre mariage. Nous pensons avoir conquis l'autre parce que nous avons fait le serment de l'aimer toujours. Le serment a scellé deux destins et ceux qui vont naître de ce oui. Le oui est dit. Ouf ! Nous sommes arrivés. Alors que, au contraire, tout commence là. Ce oui n'est que la porte d'un inconnu qu'il faut habiter. Pourquoi ne percevons-nous ces réalités qu'au terme d'une vie ? J'ai été ainsi. Un être stupidement heureux parce que je tenais Sarah dans mes bras. Je l'ai tenue pour moi et non pour elle. Moshe, son frère, mon vieux camarade, disait toujours : « Sarah a des étoiles dans les yeux. » Mais les étoiles peuvent s'éteindre et mourir. Par manque de vigilance.

C'est toujours Juliette qui mettait fin à ce qu'elle appelait mes tristes promenades. Je pouvais m'absenter au cours d'un repas, comme dans le parc et près du petit lac, quand nous nous asseyions près du vieux chêne.

– Auguste, lançait-elle joyeusement, oh, oh, restez avec nous, avec moi !

Elle passait une main devant mon regard pour déchirer l'obsédant voile du passé qui ombrait un peu trop le présent.

Et voici qu'en ces jours, par la seule volonté de Juliette, la Résidence Azur devenait une ruche, une machine à spectacle. On ne parlait plus que de ce spectacle. Les jours passaient, les semaines aussi... Des ateliers s'étaient ouverts. La place manquait sérieusement. Le grand salon était devenu salon d'essayage le mardi et le jeudi. Les costumes se fabriquaient. Les différents comédiens les essayaient et apprenaient à se mouvoir. La reine Hortense ne faisait pas partie du spectacle, tout au plus donnait-elle des conseils utiles sur les costumes. Louis, qui avait une bonne voix, était à la fois l'un des ténors du chœur des hommes et un acteur dans certaines scènes. Il se débrouillait fort bien et semblait prendre un immense plaisir à sa nouvelle activité.

Sa participation au spectacle provoqua d'ailleurs quelques tensions dans le couple. La reine Hortense boudait ou maugréait. Surtout quand des femmes, qui ne connaissaient pas Louis sous ce jour et ne s'étaient guère approchées de lui autrement qu'en le saluant, lui firent compliment. Quand elles le croisaient, elles n'étaient pas avares de sourires. Elles l'invitaient à leur table. Il devint l'une des stars de la Résidence, et nous l'avons souvent taquiné. Hortense en prenait ombrage, vraiment, ce qui se révéla après une répétition. Louis, qui avait su improviser dans la scène du pavillon de chasse et faire rire les résidents présents aux représentations, avait été très applaudi. Dès qu'il quitta la scène pour rejoindre la reine Hortense, espérant cueillir d'elle la reconnaissance, l'admiration, elle laissa éclater sa colère :

– Tu choisis, Louis. Elles ou moi. Et si tu persistes à faire le pitre et à jouer au vieux beau, moi, je change de lieu.

Louis fut tout contrit. Bien évidemment, il était flatté qu'on l'admirât ainsi. Mais il n'avait nullement le désir de peiner sa reine Hortense.

– Mais Hortense, c'est pour toi que je fais tout cela, pour te faire plaisir et pour que tu sois fière de moi. Tu veux que je te dise, à part Juliette, mais son cœur tape ailleurs, aucune femme n'est intéressante. Aucune n'a tes yeux et ton sourire.

Je comprenais la jalousie d'Hortense. Moi aussi, cette vieille méchante m'avait saisi. Alessandro travaillait beaucoup avec Juliette et avait pour elle mille attentions. Il s'exprimait parfaitement, avec une aisance terrifiante pour moi qui cherchais toujours mes mots dans de lointaines contrées avant de les amener sur mes lèvres. Il usait et abusait de « ma petite chérie ». Juliette me rassurait :

– Dans le monde du spectacle, on est familier ou grossier sans que cela porte à conséquence.

Moi, je n'étais jamais tranquille.

Pendant les répétitions où je n'avais pas de rôle essentiel, je pris l'habitude de rester au fond de la salle pour m'éclipser facilement quand je jugeais la situation trop douloureuse pour moi. Car je souffrais, et il était inutile de se livrer ainsi au supplice, à la douleur. Je n'étais pas aveugle, je percevais ce que j'appelais cette folle complicité entre Juliette et Alessandro. J'imaginais le pire. Ils avaient été amants, ils allaient le redevenir. Je craignais sans doute de perdre Juliette. L'aimais-je donc à ce point ? Je n'osais répondre à la question. L'évidence était là pourtant. Juliette était bel et bien entrée dans mon cœur. J'en avais eu la confirmation au cours d'une répétition, puis d'une autre. J'étais même un jour allé plus loin au bord du lac en poursuivant en allemand jusqu'à la fin du premier acte :

Geigen erklingen, locken so süss,
werden Sie zwingen gewiss...
(Les violons chantent et leur charme
en douceur saura bien vous convaincre !)

Dans cette scène Danilo use de son charme pour danser avec Hanna qui fait la coquette.

Au bord du lac, saisi par l'audace des timides, je me faisais insistant, et Juliette ne se dérobait pas comme dans la scène où elle aurait dû me répondre :

Nein, ich will nicht !
(Non, je ne veux pas.)

Elle ne bougeait pas. Je l'ai regardée longuement, retenant mon souffle pour figer l'instant. Attendait-elle un geste de plus de ma part ? Je le crois aujourd'hui. Ce geste fut ébauché dans ma tête mais y demeura. Je n'ai pas osé, et pourtant, nous étions seuls. Je l'ai regretté quand j'ai noté chez Juliette une ombre de tristesse dans son regard, mais c'était trop tard, l'instant enchanteur s'éloignait déjà. « Vieux fou, me suis-je dit, vieux machin, vieil idiot. À quatre-vingt-quatre ans, amoureux comme un collégien ! »

La honte me submergeait, je tentais de me réfugier dans des récitations de chapelet pour éloigner le Mal. Je lisais de merveilleux poèmes de Lamartine... Je relus Baudelaire. Juliette était là. Toujours et encore.

Je fis de longues marches pour user mes jambes et ma tête en me disant : tu seras tellement fatigué que tu ne pourras que dormir. En vain. Les nuits, Juliette apparaissait, me harcelait. Savait-elle mon trouble ? S'en amusait-elle ? Elle ne montrait rien et restait d'un naturel désarmant que je finissais par qualifier d'indifférence à mon égard. Je ne savais plus où j'en étais. M'étais-je monté la tête les semaines précédentes ? Je repassais sans cesse le film de nos rencontres, les premiers émois. Le désir me venait, m'irriguait, me submergeait et me plongeait dans un état terrifiant parce que j'avais l'impression de me jeter dans un mur. C'était insupportable. Je réalisais alors que rien ne serait possible. Au fond, je ne rêvais plus que d'une chose : conter fleurette à Juliette, la caresser doucement jusqu'à ce qu'elle soit mienne. J'en tremblais de tout mon pauvre vieux corps. Mais que devais-je faire ? Déclarer ma flamme au risque de me couvrir de ridicule ? Juliette allait se détourner de moi et me laisser honteux. Honteusement ridicule !

Je cherchai dans ma bibliothèque quelques vers exprimant ce délicieux tourment, et je tombai sur *Le Prophète* de Khalil Gibran déposé un jour par Mouche et que j'avais à peine parcouru.

L'amour n'a point d'autre désir que de s'accomplir...
L'amour ne possède pas, et ne veut pas être possédé ;
Car l'amour suffit à l'amour.

*

*   *

Un petit coup de sonnette à la porte du studio. Dix-neuf heures. C'est Nathalie qui s'inquiète. Je pose mon stylo pour aller lui ouvrir. Elle dira encore :

– Auguste, vous ne venez pas dîner? Vous êtes souffrant?

Je n'ai pas vu le temps passer. Il en est toujours ainsi quand j'écris et me souviens avec tendresse de Juliette. Nathalie est délicieusement charmante.

– Vous faisiez votre courrier, peut-être vos cartes de vœux avec un peu d'avance pour n'être pas pris au dépourvu?

– J'écrivais, c'est vrai. Des cartes de vœux? Oui et non. Enfin, si on veut. Ce que j'écris est comme un vœu : celui que les humains parviennent à plus de fraternité et d'amour vrai. Vous avez raison, Nathalie, j'écrivais des vœux de bonheur.

Je m'aperçois d'une chose : l'écriture est une extraordinaire catharsis. Elle fait un bien fou et libère nos âmes enchaînées. Écrire, c'est embrasser le monde. C'est relier les êtres, les vivants et les absents. Je ne dirai pas les morts. Car je crois qu'au-delà du visible existe une vie… Écrire, pour moi, c'est poursuivre un chemin d'amour. Sarah, ma femme, a exercé son art pendant des années en secret. Elle a dit ses joies, sa douleur surtout. J'espère que sa douleur aura été moins vive à cause de l'écriture. Il me semble que son écriture aura ainsi laissé une trace de sa douleur. Une trace aussi forte qu'un rempart pour écarter la funeste répétition du Mal? Voilà ce que peut l'écriture que je découvre en cette fin d'année avant l'an 2000.

Je remets le capuchon sur mon stylo et referme mon cahier pour rejoindre la salle à manger. Dans l'ascenseur qui s'est arrêté au troisième étage, se trouve Momo qui descend lui aussi pour le repas.

– Je suis en souci, Auguste, Rose n'est pas bien depuis plusieurs jours.

Je comprends son inquiétude. Rose et lui poursuivent leur chemin. Momo dit qu'ils marchent vers la nuit... Mais quand il est avec elle la nuit est moins sombre. J'aime bien Momo.

– Reste près d'elle, le plus longtemps possible, ne la quitte pas, ai-je conseillé en posant une main sur l'épaule gauche de Momo.

– C'est ce que je lui ai promis. Je veux faire ce que tu as fait avec Juliette. Maintenant que la Ducret est partie, on nous laisse tranquille. Tu sais bien, toi, qu'entre Rose et moi, ce n'est pas seulement une histoire de fesses, comme ils ont dit. On nous a fait la chasse quand elle venait dans ma chambre ou que j'allais dans la sienne. Il fallait voir les visages indignés.

J'écoute Momo et je partage son point de vue. J'ai envie de lui dire que ceux qui ont la critique un peu facile sont peut-être tout simplement jaloux de ne pas avoir l'occasion d'en faire autant.

– Tu sais, Momo, pour les gens bien-pensants d'ici, comme pour une partie du personnel, les vieux, posés près des fenêtres, dans les jardins, ou assis autour d'une table à jouer au Scrabble, sont des résidents parfaits. Ils sont à leur place et doivent continuer leur petit bonhomme de chemin sans s'inquiéter. La direction veille sur nous, pense pour nous et nous garde en bonne santé.

Il s'arrête alors que descend doucement l'ascenseur.

Il fouille l'une de ses poches, vérifie qu'il n'a pas perdu ses clés. Une vague inquiétude passe sur son visage.

– Sauf que, pour les sentiments, continue Momo, c'est autre chose. L'amitié n'est pas interdite. Elle serait même encouragée. On nous sort, on nous distrait. Mais tout doit s'arrêter à la ceinture. Le reste du corps a seulement droit à l'hygiène. Un jour, la direction aura l'idée de consigner cela dans le cahier des charges, pour que les choses soient claires. Les pensionnaires ne respectant pas le règlement auront peut-être une amende à payer ? On peut tout imaginer.

Je partage son point de vue. Les sentiments, la sexualité font partie de la condition humaine. Mais peut-être que les retraités ne sont plus concernés par cet aspect-là ? Nous ne devrions pas nous laisser mener.

– Tu vois, reprend Momo, il m'arrive de penser… On peut être vieux et ne plus avoir la force d'accomplir des choses physiques. Mais les sentiments, un vieux les ressent comme un jeune. Je me souviens de ma première conquête. J'étais chamboulé de partout. C'était une petite rousse à la voix caressante. Cette fille-là était épatante. Elle n'avait rien d'une pin-up. Non. Des hanches un peu rondes, de trop petits seins, mais elle était généreuse. Elle savait écouter. Avec elle, on se sentait meilleur. Eh bien, ce que j'éprouve pour Rose, c'est la même chose.

– Sauf que, mon pauvre Momo, si ce sont les vieux qui disent cela, ils ne sont pas crus. Pour les actifs, les vieux, ridés et racornis, ne savent plus, ne peuvent plus aimer. Comme si pour aimer, il fallait être beau. D'ailleurs, pour ces gens-là, l'amour est une fonction qui passe avec l'âge… Tu vois, un peu comme la mémoire qui se ramollit.

– Tu as raison, Auguste, hélas ! Des vieux qui font l'amour, c'est indécent, dégoûtant. On nous l'a dit à Rose et à moi. Mais qu'en savent-ils ces donneurs de leçons ?

– Bah, il ne faut pas relever, Momo.

– Toi, tu me comprends, Auguste. Tu nous comprends, Rose et moi. Remarque, nous aurions eu de l'argent pour louer le deux-pièces laissé vacant par Juliette, la direction de la Résidence n'aurait pas trouvé à redire, parce que ce logement est situé à part. Mais dans les chambres et les petits studios, on n'aime pas que les personnes se rencontrent pour autre chose que la causette… C'est immoral.

Momo dit vrai. L'argent donne des privilèges.

– Tu vois, je vais te faire une confidence, reprend Momo : si Rose ne guérit pas cette fois, je suis bien décidé à la rejoindre dans la tombe. À l'âge que j'ai, plus rien ne me retient. Ma mort ne fera de peine à personne. Jean, mon fils aîné, me laisse vivre ma vie et sans me critiquer. Quant à mes autres enfants, ils sont très occupés. Je connais à peine mes petits-enfants qui ne se manifestent que pour recevoir leurs étrennes. Je compte pour une seule personne, pour Rose. Elle partie, je n'aurai plus aucune raison de vivre.

Momo me quitte à l'entrée de la salle à manger pour rejoindre Louis et la reine Hortense, toujours vaillants et qui ont fini par se remarier. Ils ont cédé aux pressions du qu'en dira-t-on, de l'honorabilité et autres arguments dont la jeunesse se moque éperdument. Peut-être a-t-elle raison ? Pour ma part, j'aime qu'un engagement soit pris, soit rendu public. J'ai toujours aimé qu'on ait le courage de dire : je l'aime lui, elle. Je le dis publiquement et je m'engage par une signature au bas d'un parchemin. C'est lui, c'est elle et pas un autre, pas une autre. Vous êtes nos témoins. J'ai toujours pensé ainsi.

Maintenant, je ne sais plus si c'est bien ou si c'est désuet, ou idiot de cultiver cette fierté. Je songe à la jeunesse... Braver l'opinion a quelque chose d'excitant. J'ai redécouvert ce sentiment, cette intense sensation. Finalement, quelque part, j'admire le courage des jeunes qui osent aimer, s'afficher sans se soucier de la société.

Sans doute est-ce cela l'audace de l'amour ? Une force magnifique. Jusqu'au défi.

Pour d'autres raisons, la reine Hortense a bien essayé de résister aux pressions de l'honorabilité en disant qu'elle allait perdre sa pension de réversion si elle se remariait. Chaque fois que l'économe les croisait, elle ne manquait jamais de leur décocher un regard de travers, voire une remarque assassine comme :

– Alors, on s'est offert du bon temps, un ticket pour le septième ciel ?

Pendant six mois, Louis et Hortense ont disparu. Ils sont partis vivre à Nancy.

– La grande vie, a dit Louis.

Et puis, ils sont revenus, mais avec la bague au doigt. La directrice de la Résidence s'est émue, et

Louis et sa reine ont pu s'installer ensemble dans quarante-cinq mètres carrés pour eux deux.

– On a claqué toutes nos économies et on s'est mis à dos nos enfants respectifs. Du coup, ils nous laissent tranquilles. C'est maintenant que nous sommes heureux. On ne nous courtise plus pour nos héritages. On sait qu'il n'y a pas grand-chose. Nous voici libres, libres…

*

* *

Je me suis assis à ma place habituelle. Je contemple l'aquarium en attendant qu'on serve les plats et je m'aperçois que les alevins de guppy aperçus encore hier ont disparu. Raymond sera furieux. En son absence, Joseph a introduit dans l'aquarium des killies. Les si mignons petits killies ne sont pas forcément tendres avec les autres poissons. Ce sont de redoutables prédateurs qui n'hésitent pas à attaquer et à dévorer des poissons déjà gros. Raymond avait pourtant prévenu Joseph.

Au bout de la salle à manger, Nathalie s'active. Gentille, efficace. Le geste est précis, l'œil brillant. Elle sourit naturellement, tend une oreille, approuve ou désapprouve les propos des uns et des autres. Quand elle arrive à ma table, elle sourit encore et s'inquiète de mes humeurs et de ma santé.

– Toujours pas de nouvelle de votre belle-fille ?

Quand elle parle de ma belle-fille, il s'agit de Mouche, bien évidemment. Car Catherine, la femme de Gilles, a quitté Nancy à la mort de son mari. J'ai parfois des nouvelles des enfants. Clémence ma petite-fille vit à Paris (seule ?). Elle ne doit pas être mariée. Sinon je le saurais. Quant à Thomas, son frère, je sais qu'il s'est installé en Angleterre. J'ai son adresse, mais il se manifeste peu.

La question de Nathalie attend une réponse.

– Mouche promet son retour pour très bientôt. La mission entreprise par Paul et elle est presque terminée. Elle m'a écrit il y a une quinzaine de jours.

Jusqu'à la mort de sa fille Sophie, Mouche s'est peu signalée. Paul pas davantage. Il est vrai que leur travail les absorbe totalement. Ils peuvent se trouver pendant trois ou quatre semaines en des lieux totalement isolés, à l'écart de toute civilisation. Mais depuis cet automne, leur champ d'action se situe dans des contrées plus hospitalières et, maintenant, Mouche envoie un petit mot ou une carte environ deux fois par mois.

CHAPITRE 8

Je n'ai pas vraiment eu le cœur de manger ce soir. Je trouve ces journées de décembre dérangeantes. Une étrange douceur court sur le parc. On dirait que la nature ne sait plus quoi faire. Doit-elle déjà se préparer au printemps ou se rétracter pour longtemps ? Les grands froids viendront-ils ? Cette année, ils tardent, et personne ne se sent très à l'aise. Ce sont des repères qui manquent à nos horlogeries humaines.

Ce temps d'attente me plonge dans une autre attente.

*

*   *

C'était peu avant l'été. Juliette, en pleine répétition, avait disparu. Je savais qu'elle devait s'absenter pour raisons familiales. C'était toujours pour raisons familiales qu'elle partait, mais personne ne savait jamais où elle se rendait. Et moi, contrairement à ce que pensaient Louis et la reine Hortense, je restais dans une ignorance totale.

– Trois petits jours seulement, *mon* Auguste, avait-elle lancé en m'embrassant sur le front avant d'aller se coucher.

Trois petits jours, *mon* Auguste. J'étais déjà perdu, chamboulé au-dehors comme au-dedans. Elle avait dit *mon* Auguste. J'étais donc sien soudain. Je lui appartenais. Là encore, je m'en voulus. J'aurais dû ouvrir les bras, la retenir et l'entraîner jusque dans mon studio.

Les trois petits jours durèrent cinq jours. De toute façon, quand Juliette disparaissait, elle prévoyait une absence de trois jours et c'était toujours davantage. Pour que notre spectacle ne prît pas de retard, Alessandro et moi poursuivions les répétitions. Pour septembre, la Compagnie des Foulards bleus serait prête et la première pourrait avoir lieu début octobre. Alessandro n'était pas mécontent du tout.

– Tu n'es pas trop triste de l'absence de Juliette ? Elle nous manque, n'est-ce pas ?

Mais de quel droit ce goujat se permettait-il d'insinuer quoi que ce soit ?

– Juliette, Juliette... Elle fait ce qu'elle veut, avais-je lancé avec colère.

– C'est sûr, personne ne lui dictera jamais sa conduite. Seulement, il faut savoir ouvrir l'œil et ne pas laisser partir le bonheur.

Mais que voulait-il insinuer ?

– Auguste, je crois bien que ton cœur bat pour Juliette. Le mien aussi, mais par amitié seulement. Je suis ainsi fait. Je n'ai pas d'attirance pour les femmes. Elles sont, ou ma mère, ou ma sœur. Tu vois ce que je veux dire ? Mais je regarde, j'observe... Et je sais qu'entre Juliette et toi, il y a quelque chose de très fort, un doux sentiment.

J'avais haussé les épaules. Bien sûr que j'éprouvais beaucoup de choses pour Juliette. Mais j'étais un vieil homme.

– L'âge n'a aucune importance quand il s'agit de l'amour. Tu aurais quarante ans, Juliette t'aimerait. Tu serais centenaire qu'elle t'aimerait encore. Et toi, tu es bête, tu laisses passer le temps.

– De toute façon, elle est partie.

– Mais elle va revenir, et quand elle reviendra, n'hésite pas à lui jouer le rôle du chasseur éperdu d'amour. Tu connais ce chant mélodieux, l'Air de Vilja que le chœur reprend ensuite dans l'acte II :

Vilja, o Vilja, du Waldmägdelein,
fass mich un lass mich dein Trautliebster sein...
(Vilja, ô Vilja, belle enfant de la forêt,
Daigne m'accepter et laisse-moi être ton bien-aimé...)

Alessandro avait doucement fredonné l'extrait de ce chant.

– Mais nous ne sommes plus des enfants, avais-je protesté...

Et j'avais ajouté pour moi-même, en continuant un peu la mélodie :

Wenn sie kommt zurück,
Wenn sie kommt zurück.
(Si elle revient, si elle revient.)

*
* *

Elle revint, le sourire sur les lèvres à sa descente de taxi, au cœur d'un après-midi orageux. Les uns et les autres s'étaient approchés d'elle pour la saluer, lui dire leur bonheur de la revoir. Je restais en retrait. À la fois heureux et mécontent. Heureux de la retrouver, mais mécontent, voire jaloux parce que son premier regard n'avait pas été pour moi. Elle recevait les compliments, s'entendait dire qu'elle avait manqué à tous, qu'elle était toujours plus belle. Elle souriait encore. Je l'observais attentivement, je savais bien, moi, que Juliette cachait sa fatigue. Quand je le lui ai dit, elle a levé une main pour chasser cette idée et dissiper mes craintes :

– Mais non, Auguste, c'est seulement le voyage.

Le voyage l'avait éprouvée. Le train était tombé en panne en pleine campagne sous le soleil. Maintenant, Juliette bavardait gaiement. Je m'étais inquiété pour rien. Juliette était de retour et la Résidence reprenait vie. Elle entreprit de faire le tour de tous les ateliers. Nous étions à la fin de juin. Nos activités s'arrêteraient pendant le mois d'août, ou du moins tourneraient au ralenti, car quelques-uns parmi nous allaient partir en vacances. Septembre nous rassemblerait et serait un mois très sérieux. Le mois ultime et décisif, disait Juliette, avant notre grande première. Elle avait les yeux brillants, tellement brillants que je crus que seul le bonheur en était la cause. Pour ma part, j'étais bien décidé à ne pas laisser passer l'été sans oser quelque chose… Les propos d'Alessandro m'avaient rassuré, voire encouragé. Quand je le croisais, discrètement, il levait le pouce droit. Nous étions devenus complices parce que je savais que nous n'étions pas rivaux.

J'avoue aujourd'hui m'être préparé à me retrouver face à Juliette. J'avais ouvert mon armoire, inspecté ma penderie, examiné mes sous-vêtements. N'était-il pas temps de me mettre un peu à la page ? Je ne savais pas comment m'y prendre. Lorsqu'un dimanche après-midi Mouche vint me visiter, je lui demandai si elle pouvait me rendre service et m'indiquer dans quel magasin je pourrais faire quelques emplettes personnelles. Je me sentais plus à l'aise avec Mouche qu'avec ma fille Renée. Mouche proposa même de m'accompagner si je le désirais.

– Je vous déposerai au centre ville, j'en profiterai pour aller au Hall du livre, rue Saint-Dizier, il y a une magnifique exposition de peintures et de photos sur le thème de la lumière. Nous nous retrouverons ensuite dans une brasserie, Aux deux hémisphères par exemple, où nous boirons un café ou autre chose, et je vous reconduirai.

Renée m'aurait posé des questions, aurait voulu m'épargner cette sortie, m'aurait mesuré pour noter ma taille, elle aurait voulu inspecter mes vêtements et aurait peut-être estimé que je n'avais besoin de rien de neuf. Mouche restait discrète. Avait-elle deviné quelque chose ? Elle ne fit aucun commentaire, se montra ravie à l'idée de cet après-midi que nous allions passer ensemble. J'étais heureux comme un gosse, mais fort intimidé.

Je revins à la Résidence Azur avec ma demi-douzaine de jolis caleçons rayés, des socquettes en fil d'Écosse et des polos de belle qualité. Un beige et un blanc. Mouche me complimenta pour les vêtements. Elle fut plus sceptique pour l'eau de toilette.

– C'est un truc pour les minets. Vous n'allez quand même pas séduire Juliette avec ce machin qui pue à dix mètres ?

– Si, justement, avais-je répondu, l'œil coquin.

Elle éclata de rire et je rougis comme un gamin.

– Je crois que je vais m'occuper de vous, et vous apprendre ce que vous n'avez jamais su.

*

* *

Il y eut cette fête du 14 juillet en plein air à Rochefontaine. Une fête champêtre que je connaissais depuis des temps immémoriaux ou presque. J'avais invité Juliette et je lui racontais mes escapades enfantines quand le plan d'eau, aujourd'hui aménagé en base nautique, était encore une vaste étendue d'eau masquée par un épais rideau d'arbres plusieurs fois centenaires. Mme la comtesse était encore présente dans la mémoire des habitants de la localité au début du siècle. Juliette écoutait en ouvrant des yeux immenses.

– Nous nous faufilions jusqu'au bord de l'eau en ayant soin de ne pas nous faire repérer par le garde-champêtre qui nous terrifiait avec sa moustache en forme de branche de sapin. Une moustache légendaire. Nos mères disaient qu'on aurait pu y accrocher toutes les décorations de nos boîtes de Noël. Mais que, si ça continuait, c'est nous qui y serions pendus par les pieds.

Juliette riait et se moquait de notre naïveté.

– C'était par ailleurs un personnage très antipathique et qui faisait la chasse aux amoureux qui venaient se cacher par là.

– Auguste, vous m'emmenez jusqu'à l'étang s'il vous plaît.

– Vous voulez parler du grand étang de Rochefontaine et non du plan d'eau du château de Mme la comtesse ?

– Oui, le grand étang de Rochefontaine, celui au bord duquel s'élevait une guinguette, c'est celui-là qui m'intéresse.

– Cela fait quelques kilomètres, Juliette.

– Je suis bonne marcheuse.

Avait-elle une idée derrière la tête ? La mienne faisait son chemin. Nous étions loin de la Résidence, suffisamment loin pour nous lancer dans un cœur à cœur dont je n'osais imaginer la suite. Mais le désir était là, et Juliette m'émouvait tellement…

Je ne pensais plus à nos âges. Je pensais à nous, à nos cœurs, à nos frémissements. Juliette marchait en me tenant le bras. Nous bavardions de tout et de rien. Elle trébucha sur une grosse racine. Je la retins en la prenant dans mes bras. Elle y resta. Son regard plongea dans le mien. Je ne pouvais plus résister à rien. Elle a murmuré « Auguste » très tendrement et je me suis penché vers elle. Elle attendait, elle m'attendait. J'ai frôlé ses lèvres, son cou, l'ai serrée dans mes bras. Le ciel tournait au-dessus de nous.

– Je vous demande pardon, Juliette, je ne suis qu'un vieux bonhomme.

– Chut !

Elle ferma les yeux et se blottit contre moi. Alors je me suis penché vers elle et mes lèvres ont effleuré ses cheveux. J'ai caressé son dos, j'ai pris son visage dans mes mains.

– Nous sommes fous, je vous demande pardon.

Et je l'ai embrassée, ému, le cœur battant comme si j'avais vingt ans.

J'avais vingt ans. Nous avions vingt ans. Mais nous ne savions pas quoi en faire. Je regardais autour de nous. Il n'y avait personne. J'eus envie d'entraîner Juliette dans les sous-bois tel un gamin. Ridicule, absolument ridicule, me dis-je. C'est Juliette qui me tira de l'embarras.

– Je songe à quelque chose, Auguste. Que penseriez-vous d'un petit voyage que nous ferions tous les deux, sans rien dire à personne ?

– Un petit voyage en amoureux, c'est cela ?

– C'est cela, oh pas longtemps, quelques jours, comme une petite fugue.

– On saute dans un train et on va jouer à Juliette et Roméo !

Juliette s'était blottie dans mes bras et je l'embrassais encore, tenaillé par un désir violent.

C'est elle qui m'entraîna dans le sous-bois, voulut s'asseoir pour se reposer, dit-elle. J'avais enlevé et étendu ma veste pour qu'elle pût s'y asseoir et ce qui devait arriver est venu très doucement. Juliette portait une longue jupe-portefeuille. Je n'eus qu'à défaire le lien pour découvrir ses jambes et frapper avec tendresse à la porte du lieu où sommeillait la source enchanteresse. Juliette ne se déroba pas. Elle m'attendait depuis si longtemps, dit-elle dans un murmure essoufflé. J'aurais voulu arrêter ce temps, l'immobiliser, le figer. Je croyais avoir trop vécu, attendu trop longtemps la mort qui ne venait pas. Et en cet instant où je goûtais à l'éternité, je criais grâce, car je voulais encore aimer. Juliette était douce à mes regards et à mon corps. Je semblais l'être au sien. Je n'eus pas à m'appliquer pour lui donner du plaisir. Elle me l'offrit, ouvrit ses jambes avec élégance. Et cette offrande m'éblouit tant, que notre union fut un ruissellement de grâce. Nous étions entrés dans la danse de toute beauté. Par-dessus nous, les arbres frissonnaient, le ciel s'ouvrait. Sous nous, la terre suintait secrètement des parfums de vie.

*

*   *

Nathalie apporte le dessert.

– Une délicieuse crème caramélisée, dit-elle en posant le ravier et sa soucoupe devant moi. Vous allez bien manger ce dessert ?

J'ai sursauté, elle l'a vu.

– Je vous ai fait peur ?

– Du tout, du tout. Je rêvais.

– Encore ! Mais c'est le passé, Auguste.

– Vous êtes jeune, vous, Nathalie. Votre avenir est encore un vaste champ où votre regard peut se perdre. Le mien ne va peut-être pas plus loin que l'aquarium et se nourrit surtout de mon passé et de quelques rêves enluminés, aurait dit Juliette. C'est comme ça que j'apprivoise l'éternité. Allons, ajouté-je plein de bonnes résolutions, goûtons cette crème caramel, restons dans le présent de la bouche et de l'estomac. Si demain est, il sera un autre jour, forcément.

Je fais rire Nathalie. Tant mieux. Elle s'éloigne et dirige son chariot vers la table de Louis. Je dois veiller à ne pas l'ennuyer par des remarques pseudo-philosophiques. Mais c'est plus fort que moi. L'absence de Juliette et le départ de Mouche en Amérique latine sont un vide difficile à combler pour moi. Ou bien je me tais et j'inquiète Nathalie, ou bien je parle pour dire des bêtises, peut-être. Je fais l'Auguste, dirait Juliette. Ça m'arrivait à ses côtés. Je parvenais presque à être drôle. Il paraît que c'est ainsi que l'on séduit les femmes, en les faisant rire… Mais à présent, je me trouve bien seul.

*

*   *

Lorsque tout fut dit entre Juliette et moi, pour me consoler, j'ai songé à changer de vie. Je pensais aller m'installer dans un monastère, afin de protéger au mieux notre histoire. Seul dans ma cellule, après les repas ou avant de m'endormir, dans ce temple élevé pour Dieu, au cœur des pierres séculaires, tandis que monterait le chant de la prière, j'ouvrirais en toute quiétude les tiroirs de ma commode à souvenirs. Juliette en surgirait plus rayonnante que jamais. Elle serait à moi, éternellement à moi.

Car c'est toujours avec un immense bonheur que j'explore ces instants. Tel un petit enfant, je me laisse bercer et cajoler par eux. J'ai déjà revisité mille fois nos tendresses, j'ai veillé à la qualité de la lumière comme sur la scène d'un théâtre. J'ai entendu le bruit des étoffes glisser à terre. Les parfums d'elle et de nous se sont enlacés, comme toujours, pour une valse sans fin. Je me suis enivré avec le secret espoir de m'endormir pour ne plus me réveiller. Fermer les yeux avec pour dernière vision et sensation la tendre certitude d'avoir enfin conquis l'inaccessible de l'amour. Quelle volupté ! Il faut garder intactes ces impressions...

Or, le temps est érosion. J'ai tant prié sans avoir été exaucé. Est-il possible que l'endormissement de chaque soir soit le dernier ? Afin de garder le merveilleux de ces souvenirs dans l'écrin de l'amour parfait. Mais l'habitude, prélude à quelque lassitude voire à la tristesse, est venue jeter ses voiles. Peu à peu, insidieusement. Quand ai-je manqué de vigilance ? Je cherche, mais ne trouve pas. Je cherche en vain. Certes, le souvenir de Juliette m'enveloppe encore. Ma vieille peau n'a pas oublié. Sa main sur mes bras, ses doigts sur mon dos, je les sens encore glisser et me faire frémir. Quand se lève le rideau de mon petit théâtre pour que je puisse me livrer à ma contemplation secrète, tout est en place. Me reviennent alors des odeurs, des senteurs... Je ferme les yeux pour m'offrir à ce délicieux nuage. L'impression est fugitive. Un soupçon de nostalgie flotte, d'abord imperceptible, mais suffisant pour éveiller mon être et faire monter ma garde. Allons, Auguste, me dis-je pour me raisonner, laisse tes inquiétudes en coulisses, vois, entends, respire. Ce que je perçois est encore insignifiant, mais existe cependant à travers un brouillard léger, léger qui s'étire pour nimber ce petit théâtre du bonheur. Je frissonne malgré moi. Est-ce pour faire barrage à cette brume tremblée que j'éprouve le besoin de quelques conversations ?

Dire, c'est marquer l'instant. La parole, orale ou écrite, incise le présent. C'est le petit caillou sur le chemin. Je perçois bien ces choses. Mon petit théâtre est mon jardin secret, mais il est menacé, si je ne fais que le contempler. Les mauvaises herbes vont l'envahir. Je dois donc sortir de ma coquille. Aller encore aux autres, aimer la vie. Je ferai ainsi, mais pour l'instant, j'ai besoin de ces pages d'écriture. Allons, demain, j'irai visiter Rose et Momo. Je l'écris sur mon cahier grenat, je souligne la promesse faite. Je serai obligé de la tenir.

*

* *

C'est le soir déjà, et je n'ai rien écrit. Je suis allé visiter Rose et Momo. En sortant de la chambre où Rose sommeille accablée par la maladie, j'ai croisé la directrice de la Résidence.

– C'est gentil de prendre des nouvelles de Rose. Il va falloir la transporter à l'hôpital de Nancy, le médecin est inquiet.

– Je ne crois pas que ce soit une bonne idée. Elle veut rester avec Momo. Elle n'a plus que lui, et lui a besoin d'elle. À l'hôpital, elle sera seule.

– Il y a des soins que le personnel d'ici n'est pas habilité à lui donner.

– Les soins dont elle a le plus besoin, c'est la présence de Momo.

– ?

J'ai marqué un point.

– Dans ce cas, on pourrait transporter Rose dans le bâtiment de l'autre côté de la rue de la Résidence. Ce serait moins loin pour Momo.

– Quoi ! À l'hospice, me suis-je écrié, indigné !

– C'est un hôpital de long séjour, Auguste.

Mais qu'est-ce qui m'a pris ? Un coup de colère qui m'a retourné les sangs, aurait dit Génie, ma mère.

– Je maintiens, c'est un hospice. Tous les résidents qui y vont n'ont aucune chance d'en revenir. Momo n'aura pas le droit de rester aux côtés de Rose. Ce lieu est abominable et ferait perdre la tête au plus sensé des hommes. En face, madame, c'est un mouroir ! Les vieux y sont quasiment livrés à eux-mêmes. On ne prend même pas le temps d'aider les grands malades ou les handicapés à manger. On pose le plateau à côté de leur lit et on passe le reprendre une heure plus tard. Le malade n'y a même pas touché, ou si peu. Vous y êtes déjà allée, vous ? Vous avez senti les odeurs d'urine jusque dans les couloirs ?

– Vous êtes excessif, Auguste. On a rénové et agrandi.

– Ah oui ? En surélevant le toit pour faire des chambres sous les combles. Les pauvres vieux qui s'y trouvent n'ont même pas une fenêtre pour voir l'extérieur.

– Mais les chambres sont très lumineuses. On a installé de grandes fenêtres de toit, des Velux.

– Parlons-en, pour voir le ciel par-dessus le toit... Bleu parfois. Ennuagé, souvent. Les vieux sont déjà presque au ciel, c'est cela ? On pense à tout, n'est-ce pas, ou presque. Si le corps est négligé, on se rattrape pour l'âme. Merci pour eux !

– Auguste...

La directrice protestait, je ne pouvais plus m'arrêter.

– Et les toilettes, hein, vous savez comment c'est ? Un W-C pour deux ou trois. Ah, c'est vrai, ces lieux sont peu utilisés. La plupart des patients sont devenus incontinents. On leur met des couches, comme aux bébés, et on oublie de venir les changer. Je vous en supplie, laissez Rose avec Momo. Si elle vivait en ville, une infirmière libérale viendrait la soigner.

– Ce n'est pas le rôle de la Résidence Azur, vous le savez bien.

– Il n'y a pas un appartement de libre en ce moment dans l'autre bâtiment ?

– Rose et Momo n'en ont pas les moyens.

– Rose est parvenue au bout du chemin. Trouvez-leur une pièce dans ce bâtiment et je m'engage à payer, mais laissez-les ensemble, je vous en prie.

– Vous feriez cela ?

– Oui, par humanité autant que par amitié.

– Je vais m'en occuper.

– Ne tardez pas. Tous deux sont épuisés. Rose par la maladie. Momo, lui, c'est moral, le cœur, les sentiments.

– Je m'en occupe, reprit-elle. Puisque vous vous chargez d'eux, continua-t-elle la voix plus basse.

J'ai compris. Pour être considéré ici, il faut jouir d'une bonne santé et de revenus convenables. Combien de résidents ont dû vendre maisons et terrains pour compléter une maigre retraite afin d'être admis en ces lieux ? Quand l'argent fait défaut, on quémande chez les enfants et jusque chez les petits-enfants. Et si l'argent manque encore, celles et ceux qui dérangent sont mis de côté, à part.

Je ne me croyais pas capable d'un tel sursaut. Je suis content de moi.

Je pense à mon père, après la guerre de 14-18, veillé par ma mère... Même Sarah n'est pas morte seule, Moshe était là pendant que je conduisais Renée à l'autel. La mort fait si peur aujourd'hui que, pour s'en préserver, on se détourne. Mieux, on écarte ceux qu'elle va saisir. Mais elle fait partie de notre vie et nous accompagne depuis le jour de notre naissance. Il est vain de se voiler la face.

*

* *

Le parc est mouillé. L'eau n'arrête pas de tomber. Les feuilles des arbres à feuillage persistant pendent tristement jusqu'au sol sous le poids de l'eau. Il fait trop doux et les sols sont détrempés. Juliette ne serait pas contente. Elle me taquinerait en disant :

– Auguste, tu n'as pas assez prié.

Et moi je lui répondrais :

– Juliette, c'est depuis que nous nous connaissons, je suis devenu distrait.

Et elle rirait de son petit rire sonore. Je l'entends certains soirs avant de m'endormir. J'entends son rire et je suis transporté au jeudi 15 juillet quand nous avons fugué à Gérardmer au retour de notre promenade dans les bois de Rochefontaine.

*
* *

Personne ne nous avait vus partir puisque nous nous étions échappés de la Résidence séparément. Juliette, par la porte d'entrée, et moi, par le parc. Nous n'avions emporté qu'un minimum de bagages en nous disant que nous aviserions sur place s'il nous manquait quelque chose. Un taxi nous attendait à deux cents mètres. Juliette l'avait fait venir de Nancy. Si elle avait appelé Émile Radot, le taxi local, notre escapade aurait été sur toutes les lèvres de Rochefontaine et des environs avant même notre arrivée à Gérardmer. Il valait mieux voyager incognito. Nous étions heureux comme des gamins. Dans le train qui nous emportait, nous imaginions la tête du personnel de la Résidence Azur. Nous songions à Nathalie, à la nièce de Juliette, à Louise, l'une des femmes de ménage. Nos familles allaient être prévenues sous peu. Un avis de recherche serait lancé. Juliette s'amusait beaucoup à cette idée. Mais elle redevint sérieuse :

– Tout le monde se doute qu'entre nous deux un petit quelque chose couve. Quand je croise Raymond, il agite son index droit et lance : « N'y aurait-il pas anguille sous roche ? »

– Il te dit ça, Raymond ?

– Oui, et depuis longtemps. Et cela m'amuse. Moi, en tout cas, je suis libre et je n'ai de compte à rendre à personne.

– Je serai peut-être critiqué par ma fille aînée, mais

pas par Mouche, ma belle-fille. Elle aurait plutôt tendance à trouver que je ne suis pas assez audacieux.

Juliette caressait le bout de mon nez et fronçait le sien.

– Moi, je ne trouve pas, Auguste. Hier, tu as été parfait.

Je crois bien avoir rougi. Heureusement que nous étions isolés dans ce train. J'ai toussé, histoire de me donner une contenance.

– Ma fille aînée a promis sa visite pour dimanche. J'aurai droit à un sermon en règle.

– Elle a peur pour l'héritage, peur qu'une intruse vienne croquer la fortune en même temps que le papa.

– L'essentiel a déjà été partagé quand j'ai quitté le Domaine. Le reste me regarde. Si Renée se fâche – à propos de ce qu'elle va appeler mon inconduite –, ce sera uniquement pour le qu'en dira-t-on.

– Tu regrettes alors ? interrogea Juliette déjà anxieuse.

– Bien sûr que non ! Si j'ai des regrets, c'est de n'avoir pas osé avant.

Juliette me serrait plus fort, sa tête posée sur mon épaule, j'étais ému sans parvenir à réaliser vraiment ce que j'étais en train de vivre. Je n'osais pas songer à ces quatre jours qui s'annonçaient. Je rêvais, c'est cela, je rêvais et j'allais me réveiller empli de déception.

– Tu vois, Auguste, c'est comme si nous faisions notre voyage de noces. Certes, nous n'allons pas à Venise. Mais nous irons sur l'eau. Nous ferons au moins le tour du lac de Gérardmer.

– Et je t'aimerai, Juliette, mieux qu'hier.
Elle mit un doigt sur mes lèvres.
– Chut, on pourrait nous entendre.

CHAPITRE 9

Il faisait un temps merveilleux le lendemain de notre arrivée. Est-ce l'amour qui mettait un filtre sur mon regard ? Je trouvais Juliette radieuse, belle, très belle encore. Belle en plein jour. Belle dans le soleil naissant qu'elle appelait en tendant son visage vers les cimes, le matin sur le balcon de notre chambre d'hôtel qui donnait sur le lac. Elle respirait les Vosges à pleins poumons. Je l'ai rejointe et j'ai embrassé sa nuque, sous ses cheveux à peine relevés. Elle était désirable, follement désirable. J'ai dénudé une de ses épaules pour y poser ma joue et j'ai secrètement demandé pardon à Dieu, tout en le remerciant de permettre au vieux bonhomme que j'étais cette ultime escapade dans un jardin interdit. J'aimais Juliette, oui. Je l'aimais et j'avais envie d'elle encore. Je n'eus pas à le lui demander. Elle s'offrit avec candeur.

– Viens, mon soleil, j'ai besoin de toi, comme tu as besoin de moi.

Ces quatre jours furent une fête, une célébration des cœurs et des corps. Nous nous découvrîmes peu à peu du fait de mon âge et de la lenteur de nos gestes maladroits, les miens surtout. Pourtant, cette lenteur nous plongeait dans un état proche de la volupté. Je découvrais l'importance d'une caresse dans le geste amoureux, sa douceur, sa capacité à faire tressaillir le corps autant que l'âme. L'immense tendresse qui effleure une peau en attente peut susciter un profond plaisir. Un regard peut éveiller le désir et chauffer une âme. Je ne soupçonnais pas les capacités d'un vieux corps. La peau ridée n'est qu'une enveloppe sur les sentiments, disait Juliette. Les sentiments demeurent dans la beauté de leur jeunesse, et la lenteur des corps pour les exprimer ne fait qu'ajouter de la puissance et de l'éclat à leur existence.

Parce qu'elle l'espérait, l'appelait du regard, Juliette m'apprit à aimer mon vieux corps sans honte. Nos doigts se prirent, s'enlacèrent jusqu'à faire tressaillir les chairs. Juliette fut un guide extraordinaire dans la jungle de mon âme dont elle explorait le moindre recoin à la recherche de trésors inconnus. Elle redessinait la carte du Tendre, cherchait à faire éclore « la fleur magique du sentiment ». Je ne cessais de m'émerveiller sur cette jeunesse retrouvée. Juliette m'emportait en des contrées inconnues. La douleur d'aimer tendue à l'extrême trouvait son apaisement sur la douceur d'un velours voluptueux. C'était un sentiment extraordinaire pour moi, proche de l'exaltation et qui effaçait le temps.

– Tu n'avais pas perdu ta jeunesse, Auguste. Elle était seulement endormie. L'amour l'a réveillée. Tu n'as pas oublié le conte de *La Belle au dois dormant*…

Je redécouvris Gérardmer et ses environs au bras de Juliette. Elle connaissait la région et elle m'entraîna loin des sentiers touristiques. Nous avons cueilli la digitale pourpre, belle autant que mortelle.

Elle agitait ses longues tiges et ses fleurs commençaient à s'ouvrir dans les sous-bois où le soleil pouvait se faufiler pour la caresser et l'étreindre. Nous marchions gaiement et nos pas libéraient des senteurs de feuilles et de résines mélangées. Juliette fit un bouquet qu'elle entoura de longues feuilles de fougères. Elle trouva d'autres fleurs pour grossir ce bouquet. Des lys sauvages poussaient en quelques endroits. Elle les coupa délicatement pour ne pas blesser le bulbe en terre. Le bouquet composé devint magnifique. Elle disait qu'il nous ressemblait. Un amour cueilli au soir de la vie, mais qui pouvait encore éblouir jusqu'à l'ivresse.

– Juliette, je me comporte très mal. Tu es encore jeune, et moi, je suis un vieux bonhomme qui te vole à quelqu'un qui te mériterait davantage.

Elle se mettait alors à chanter sans m'entendre avant de m'ouvrir les bras en riant :

– Je suis la plus heureuse des femmes, mon vieil amant est charmant, et encore très vigoureux, tra la la.

Et elle s'approchait de moi en reprenant :

Allein liebt er mich, nur allein!
Das hat Rrrrass', so, tralalalalala,
macht mir Spass so, tralalalalala!
(Il n'aime que moi, moi seule!
Voilà qui a de la classsse, tralalalalala,
et que de plaisir, tralalalalala!)

Évidemment, j'ai reconnu la scène 17 de l'acte II de *La Veuve joyeuse.* Et je lui ai répondu en chantant :

Lippen schweigen
's flüstern Geigen :
hab mich lieb !
All die Schritte
sagen : Bitte,
hab mich lieb !
(Les lèvres se taisent,
les violons murmurent :
aime-moi !
Ah, et ces pas
qui disent : je t'en prie,
aime-moi !)

Juliette savait parfaitement la suite. Hanna avait su se faire aimer du comte Danilo. Tout au long des fêtes données à Paris en ce début de siècle, ces deux étrangers ont joué au chat et à la souris entre le cabaret Maxim's et les ambassades avant de découvrir qu'ils pouvaient s'aimer.

J'ai soudain eu envie de savoir pourquoi le choix de Juliette s'était porté sur *La Veuve joyeuse*, et non sur *L'Auberge du cheval blanc* ou sur *Le Pays du sourire*. Juliette avait ses secrets, elle prenait des airs mystérieux et déclarait :

– Un jour tu sauras. Fais-moi confiance, Auguste.

– Je ne fais que cela.

Elle était si convaincante que je finissais par la croire et prendre mon mal en patience.

Ces quatre jours dans les Vosges à nous endormir au-dessus du lac, à nous réveiller saisis par l'odeur des sapins, nous donnaient l'impression d'avoir conquis les sommets de la félicité. J'ouvrais les yeux le premier pour découvrir, ébloui et heureux, Juliette abandonnée contre moi.

Au premier matin, j'ai cherché le parc derrière la voilure des rideaux. Nous n'avions pas fermé les persiennes avant de nous coucher pour jouir des lumières de la montagne et voir la lente montée de la lune dans le ciel par-dessus le lac. Il me fallut quelques minutes pour réaliser ce que nous étions en train de vivre. Une onde de bonheur m'avait saisi et toute la peau de mon corps s'en imprégnait. J'étais heureux, oui, j'étais heureux. J'espérais de tout cœur que ce bien-être fût partagé par Juliette. Je n'osais la réveiller, mais je voulais guetter cet instant. Voir son regard s'ouvrir. Comme moi, elle allait s'interroger, me regarder. Dessinerait-elle un sourire sur ses lèvres qui chasserait la nuit pour s'offrir au jour, radieuse déjà ? J'ai vu ses paupières tressaillir et un frisson parcourir son corps. Elle se recroquevillait sur la nuit, peut-être pour la garder encore. Elle se tournait vers moi et frottait sa tête contre mon torse en murmurant :

– Auguste, nous faisons un rêve… Nous avons fait une fugue pour nous aimer, personne ne nous trouvera, nous allons rester ici jusqu'à la fin du monde.

J'ai caressé ses cheveux en remerciant le ciel d'avoir mis Juliette sur ma route. Mais la pensée de Sarah est venue. Secrètement, je lui ai demandé pardon. Ce n'est pas que je l'oubliais… Il y eut, à cet instant précis, quelque chose d'inouï qui se produisit. Alors que Juliette restait agrippée à moi, son corps épousant le mien, sa peau collée à la mienne au point que je n'osais respirer de peur de la voir se détacher, je crus reconnaître Sarah. L'une avait quelque chose de l'autre. Mon présent réveillait le passé et le souvenir du passé rendait flou un présent qui me faisait trembler. Sarah n'était plus tout à fait Sarah et Juliette se mettait à lui ressembler. Je n'avais pas le droit cependant de confondre l'une et l'autre. Même si la grâce mutine de Juliette me rappelait celle de Sarah autrefois. Elles auraient pu être sœurs. Elles l'étaient dans l'amour et dans la place qu'elles prenaient dans mon cœur. Une pensée me vint à l'esprit. Et si, bonne fée, Sarah avait permis cette rencontre ? Et si, bonne fée, Sarah estimait que mon purgatoire avait assez duré ? S'il en est ainsi, merci, mille fois merci, Sarah, pour avoir allumé quelques étoiles dans mon ciel de vieillard.

Juliette s'offrait au petit matin, tendait son visage vers moi, et ses lèvres se posaient délicatement dans mon cou. Étais-je encore séduisant ? Je connus cette peur du vieux bonhomme qui se réveille nimbé d'odeurs fortes, d'une haleine terrifiante. Oh non, pas cela pour Juliette ! Je me glissai hors du lit avec toute la souplesse permise encore par mon vieux corps et j'entrai dans la salle de bains le temps d'une toilette sommaire afin de revenir vers ma belle amoureuse. Elle m'avait suivi. Comme je ressortais du lieu, frais et parfumé, nous nous sommes croisés et étreints furtivement, maladroitement. Je regagnai le grand lit et m'y allongeai en songeant à elle. Je fermai les yeux pour glisser dans une doucereuse volupté que les bruits étouffés de la salle de bains faisaient renaître après la nuit.

Juliette procédait à quelques ablutions et aspersions de savons et parfums. J'entendais le bruit de flacons qu'on saisit, débouche, referme et repose sur une tablette de lavabo. Ses mains parcouraient son corps… le préparaient… Un sentiment d'attente un peu douloureuse me saisit. Juliette me rejoignit, s'assit au bord du lit, se pencha vers moi attendrie.

– J'aime les petits matins quand le soleil se lève et que des frissons me parcourent.

– Nous sommes fous, Juliette, trop fous, dis-je en l'attirant et en l'enlaçant alors que la douce et lente montée du désir commençait à faire tressaillir ma peau.

– Je ne crois pas, répondit-elle en laissant glisser ses mains doucement le long de mes reins. Deux choses font perdre la raison aux êtres humains, le sais-tu ?

– Non.

– La douleur et le bonheur. Aujourd'hui, contentons-nous du bonheur et faisons-lui fête, dit-elle très câline.

Je me suis contenté du bonheur et j'ai surtout essayé de lui faire honneur.

*

* *

Un dernier regard sur la chambre 34. Une caresse des yeux sur le lac devenu sombre et mystérieux à cause d'un ciel lourd annonçant des orages qui tourmenteraient la lisse étendue d'eau jusqu'à la soulever en son centre. Le parfum des sapins tout proches nous entourait encore. Juliette abandonna les digitales dans leur vase, pour laisser, dit-elle, un peu de nous en ces lieux, une trace de bonheur. Une invisible perle de joie dans la mémoire humaine. Avec le temps, on se demande toujours si ces instants de lumière et de pure joie appartiennent au rêve ou à la réalité. C'est sans doute le pouvoir du temps que de permettre la confusion.

Que reste-t-il de nos vies quand s'ouvre la porte sombre qui conduit au chemin de lumière ? Des ciels ennuagés, bonheur mêlé de tristesse qui, parfois, ont mouillé nos terres humaines ? Un parfum fragile et tendre à la fois, une senteur rare, mais infiniment précieuse ?

Le retour vers Nancy, puis vers la Résidence fut trop rapide. Juliette et moi souhaitions une panne de locomotive, des voies obstruées afin de retarder l'instant où il faudrait croiser le regard des autres. Nous n'avions pas envie de refermer trop vite le livre des jours heureux, de ces heures arrachées à des vies trop sages et trop bien organisées.

Quand j'ai poussé la porte de ma chambre, j'étais attendu.

– Papa, vous n'êtes qu'un débauché, et j'ai… j'ai… Nous avons… honte ! Oui, c'est le mot qui convient. Nous avons honte. On ne compromet pas ainsi une dame.

J'ai eu envie de répondre à Renée que je n'avais compromis personne. Que je n'avais pas violé Juliette. Que ces quatre jours nous avaient fait le plus grand bien, et que nous étions prêts à recommencer à la première occasion. Mais je me suis tu. À quoi bon ! Renée avait déjà le cœur rangé, presque desséché. Mon silence lui donnait raison et elle s'en réjouissait. Son discours musclé remettait mes idées en place.

– Heureusement que je vous surveille, papa. Je songe à maman et j'ai tellement de chagrin pour elle.

– Je t'en prie, Renée, avait coupé Ladislas. Ton père fait ce qu'il veut.

– Enfin, Ladislas, que vont dire les gens ? Que… que notre père est un…

– Les gens se tairont. Ils constateront seulement la bonne santé de ton père.

J'ai lancé un petit regard d'approbation à mon gendre. Il a souri. Nous nous étions compris. Deux coups de sonnette nous ont fait sursauter. Mouche, joyeuse, venait agrandir le cercle de famille :

– Bonjour ! Je viens de croiser Juliette… Alors ce voyage ? Merveilleux, sans doute ? Le beau temps en prime… Et tout ce qu'il faut pour que les cœurs vibrent. Auguste, vous avez une mine superbe ! L'amour vous va bien et vous rajeunit. Il faut fêter cela !

Mouche a toujours le don de lancer quelques petites phrases heureuses autant qu'assassines pour celles et ceux qui vivent le cœur rétréci. Renée était furieuse, mais dut faire, comme on dit, contre mauvaise fortune bon cœur.

Ma belle-fille avait tout prévu. Elle sortit un instant pour revenir les bras chargés d'un plateau de coupes de champagne. Elle alla aussi chercher Juliette et nous avons trinqué en parlant de la Compagnie des Foulards bleus. Notre grand projet alimentait les conversations, remplissait quelques encarts dans la presse. Alessandro, notre metteur en scène, savait alerter ses amis journalistes pour que l'on s'intéressât à nous. Plusieurs répétitions s'étaient déroulées avec la présence d'un quotidien, d'un hebdomadaire. La télévision régionale était même venue faire un reportage. Ce qui intéressait la presse était l'émulation suscitée par ce projet. Les sociologues pourraient évoquer la salutaire interaction entre les générations.

« Une résidence pour personnes âgées trouve sa place dans la cité et travaille à un projet culturel avec des personnes dans la vie active. La Compagnie des Foulards bleus rassemble, fait tomber les barrières… »

De fait, nous avions appris que des fiançailles avaient été célébrées depuis la création de cette compagnie. Un jeune couple s'était formé. Un musicien et une choriste. Un peintre divorcé avait rencontré l'élue de son cœur en la regardant préparer les costumes. Jules, un jeune veuf, était parti vivre chez Reine, la secrétaire de la Résidence. On ne dirait plus que Reine allait se desséchant parce qu'elle n'avait pas trouvé chaussure à son pied. Notre compagnie vivait pleinement et rayonnait dans tous les sens du terme. Un petit vent de folie soufflait parfois jusqu'à faire trembler les foulards.

– Dans toute entreprise, il faut de l'amour, beaucoup d'amour.

Juliette jouait avec les mots et les expressions. Nous étions des foulards, disait-elle, qui devaient s'agiter au vent de l'amour. Ce qui ne nuisait nullement au sérieux du travail accompli.

Certes, les grincheux, et il y en a toujours, trouvaient matière à discuter, à critiquer. Le clan de Mlle Agathe, par exemple, qui prenait place tout au fond de la salle à manger, juste avant le petit salon jonquille (parce que les fauteuils sont recouverts de tissu où s'épanouissent des jonquilles) ne se privait pas pour lancer quelques remarques acerbes à propos de l'entreprise de Juliette.

– Une femme de théâtre, c'est souvent une femme de mauvaise vie. Cette Juliette-là ne pouvait qu'introduire la débauche, suggérait Mlle Agathe du haut de ses quatre-vingts printemps.

– Dans quel siècle vivons-nous ? répondaient de leur voix haut perchée et en écho Marcelline et Simone, les siamoises, en pinçant leur bouche en cul de poule.

– Nous allons organiser une pétition, lançait parfois Agathe, quand elle estimait qu'elle devait « entrer en résistance ».

Si elle ne participait pas à l'entreprise de Juliette, elle avait néanmoins un rôle à jouer. Ingrat mais utile, voire indispensable puisqu'elle allait « œuvrer pour la vertu défaillante et consolider la morale vacillante ». À l'entendre, on aurait pu croire qu'elle allait lever une armée, partir en croisade.

Certains les moquaient gentiment. Mais elles avaient leurs partisans, peu nombreux il est vrai, mais parfois féroces pourtant. Il valait mieux en rire. Nous étions trop occupés pour prêter le flan à ces quelques railleries, au fond, inévitables et sans grande importance. Un jour, alors que je discutais avec Dédé et Raymond près de l'aquarium, Agathe vint jusqu'à nous. Elle passa près de moi et, perfide, glissa ces mots :

– Auguste, l'enfer vous guette. Je ne voudrais pas être à votre place quand vous vous présenterez là-haut, au jour du jugement...

Elle n'attendit pas que je réponde, ou me défende,

ce que je n'aurais pas fait. Elle partit tout aussitôt, la tête haute, regardant droit devant elle. Son attitude était risible. Mais je réussis à ne point me moquer. Il fallait qu'elle fût bien malheureuse pour agir ainsi. Il avait dû lui en coûter pour oser venir me faire la morale. Si Agathe était très certainement restée toute sa vie dans l'ignorance de l'amour, il n'en était pas de même pour ma fille Renée qui n'hésitait pas à critiquer son père… Je renonçai à comprendre, préférant regarder la situation avec un certain humour. J'avais envie de vivre l'instant présent. Le bonheur tenait dans si peu de choses. Le regard de Juliette, la joie de celles et ceux qui se donnaient à fond pour le spectacle que la Compagnie des Foulards bleus peaufinait de jour en jour.

Les costumes faisaient l'orgueil des couturières, les décors ceux des peintres. Restaient encore quelques retouches à apporter. Ces ateliers avaient révélé d'authentiques talents. Ladislas s'intéressa beaucoup à cette activité et Renée oublia ses griefs. Quand ils repartirent, Mouche se leva pour les suivre, elle m'embrassa et chuchota à mon oreille :

– Soyez heureux !

Sur le seuil de la porte, elle se retourna, m'adressa un charmant bye-bye en ouvrant et fermant sa main.

– Allons, Auguste, insista Juliette en glissant son bras sous le mien, un petit tour de parc, tu veux bien ? Les canards ont dû être un peu chagrins sans nous.

Juliette était fatiguée, nous avons trottiné jusqu'au bord de l'étendue d'eau. Assis sur le banc, sous l'immense saule, et à côté du vieux chêne, elle a posé sa tête sur mon épaule.

– Je ne serai pas là pendant quelques jours, mais ne t'inquiète pas, *mon* Auguste, tout ira bien, je reviendrai. Je ne peux plus vivre sans toi.

Nous sommes restés ainsi un long moment, sans rien dire. Je n'osais bouger de peur de rompre le charme qui nous enveloppait. C'est Juliette qui, la première, se manifesta en murmurant *mon* Auguste. Il y avait tellement de tendresse dans le velouté de sa voix que j'étais confondu. Elle colla ses lèvres sur le bout de mon nez et s'échappa avant que j'aie pu dire un mot.

Je dînai seul à ma table, bien triste je dois dire. Pendant quatre jours nous avions tout partagé, nos jours et nos nuits. Nous avions respiré le même air. Pendant nos promenades et dans les restaurants, on nous disait très naturellement Madame et Monsieur.

– Tu vois bien, disait Juliette, que nous ne sommes pas si mal assortis. Personne ne rit nous.

Moi, j'étais très fier d'avoir Juliette à mes côtés. Elle respirait l'élégance. J'avais voulu lui offrir un bijou.

– Il ne manquerait plus que cela ! Je penserais que je suis devenue une catin que tu paies pour les minutes de bonheur arrachées au temps et au cœur. Non, monsieur.

J'ai tenté d'être Danilo en lui chantant :

Geigen erklingen, locken so süss,
werden Sie zwingen gewiss
(Les violons chantent et leur charme en douceur
saura bien vous convaincre !)

Instinctivement, elle prit l'attitude de Hanna. Elle se plaça devant moi, pour que je ne visse pas son visage. Je repris ce refrain : *Geigen erklingen…* avec tendresse en posant mes mains sur sa taille. Coquette, elle se détourna encore. Alors sa voix s'éleva, j'entendis Hanna.

– *Ich will nicht, ich will nicht.*
(Je ne veux pas, je ne veux pas.)

Elle s'était reprise devant la vitrine de la bijouterie.
– Je ne veux que deux choses Auguste : toi et toi.
Ah, comme je l'aimais ! Comme elle me manquait déjà !

*
* *

Son absence dura une semaine. Mais le travail de la Compagnie des Foulards bleus se poursuivait. Claire, la directrice de l'école de danse de Rochefontaine, vint à deux reprises pour répéter les scènes de french-cancan avec ses élèves. Ce fut un divertissement pour tous les pensionnaires et leur famille de passage. Claire en profita pour vérifier que les autres scènes de danse étaient au point. Les polkas et les valses firent leur petit effet dans cette salle à manger dont on avait repoussé les tables et les chaises pour dégager le centre de la pièce. Il y eut aussi d'autres répétitions sous la direction d'Alessandro. Nous apprîmes à nous déplacer face au public, nous apprîmes à tenir compte du public quand nous jouions ou chantions.
– Si le public est convaincu, c'est que le jeu est bon.
Alessandro a parfois grondé, repris l'un ou l'autre.

– Je ne veux pas de pantins, mais des êtres de chair.

Il savait aussi encourager.

– Prrrodigieux, mes amis !

Il frappait dans ses mains, nous applaudissait l'air satisfait et disait que bientôt nous pourrions espérer devenir professionnels.

– Au début, lorsque Juliette m'a contacté, j'ai failli lui rire au nez. Mais je me suis retenu, et surtout, je me suis souvenu que Juliette est une personne sensée sous ses airs fantaisistes. Cela dit, en arrivant ici, j'ai eu des inquiétudes, de vraies inquiétudes. Je ne suis pas familier de ces sortes d'établissements où sont rassemblées des personnes dont la moyenne d'âge est plus proche des quatre-vingts ans que des cinquante ans. Cependant, l'idée de Juliette d'intégrer tous les âges à ce spectacle qui sortira de ce lieu est vraiment extraordinaire. Aujourd'hui, je peux dire que je suis absolument certain de la réussite de l'entreprise. À l'issue des représentations, on ne distinguera plus les professionnels des amateurs.

J'écoutais Alessandro en songeant à Juliette qui prolongeait son absence, comme souvent. Mais où était-elle ? Que faisait-elle ? Qui se croyait-elle obligée de visiter ? D'absence en absence, mes inquiétudes se faisaient plus vives. Je souffrais vraiment. Je songeais bien évidemment à un vieil amant qu'elle visitait, avec qui elle ne pouvait rompre ou à qui elle devait quelques services. Mon cœur se serrait. Parfois, un peu de colère montait en moi. Qui étais-je pour elle ? Certes, elle était heureuse dans mes bras. Nous nous donnions du plaisir. Quand j'essayais d'en parler avec Alessandro, il riait :

– Tu es jaloux, si, si. C'est que tu l'aimes. Il faut respecter les désirs de Juliette. Les artistes, c'est ainsi. Toujours une part d'ombre après les lumières de la scène. Ne t'inquiète pas. Elle t'aime vraiment.

– Si elle m'aimait, elle ne partirait plus jamais. Si elle m'aimait, elle accepterait le mariage.

– Le mariage !

Alessandro siffla d'admiration.

– Mais tu sais, Auguste, les artistes aiment garder leur liberté.

– Donc, elle ne m'aime pas autant que je l'aime.

– En amour, et tu dois le savoir, il y en a toujours un qui aime plus que l'autre. Je préfère être celui qui aime plus. J'ai plus de chagrin parfois, mais quand j'aime, c'est plus fort et plus merveilleux.

C'était une façon de voir les choses. Juliette me manquait et j'errais du parc à l'aquarium, du vieux chêne dans le parc que j'apercevais depuis la fenêtre de ma chambre à la scène de répétition en l'attendant, en la désirant de toutes mes forces de vieux bonhomme. J'entrais dans la salle de bains, je me contemplais pour la dixième fois, la vingtième fois peut-être depuis qu'elle et moi étions passés de l'amitié à l'amour. Je m'observais afin de me rassurer.

– Le visage, ça va, c'est pas mal (orgueilleux, va), l'allure générale aussi.

La vie au grand air m'a bien conservé. Mon vieux cœur n'est point trop racorni, il bat, il éprouve des sentiments, mais sous la ceinture, mon pauvre Auguste, la chose, ta chose n'a plus vingt ans, même si la mécanique fonctionne encore. Quelle gymnastique faire ? Quel lifting ?

Mon amour-propre souffrait. J'avais beau me raisonner, je pensais que Juliette mettrait fin à notre belle aventure pour un homme plus jeune. Quand j'étais à ses côtés, je ne pensais pas à ces choses-là. Mais dès qu'elle s'éloignait, j'étais l'adolescent des premiers émois qui vient de conquérir la plus jolie fille après mille efforts et qui, soudain, tremble à l'idée que le petit copain le supplante.

Chapitre 10

J'ai quitté la salle à manger comme en ce soir du 18 juillet 1993 le cœur gros de l'absence de Juliette. Je me souviens des sentiments éprouvés au retour de notre escapade dans les Vosges. Comment vivre désormais dans le même lieu qu'elle sans parvenir à la prendre dans mes bras ? Comment dormir sans elle à mes côtés ? Nous n'aurions pas dû nous lancer sur les sentiers vosgiens. L'air des grands sapins, l'onde mystérieuse du lac me manquaient. Dans mon esprit, ils étaient associés au rire de Juliette. Son rire courait malicieusement sur ma vieille peau jusqu'à lui faire oublier ses rides. Elle se tendait, se détendait, faisait des nids pour recevoir l'offrande, la pluie de l'amour, les petits baisers sucrés, le bout des doigts de Juliette… Tout ce qui la faisait frémir comme au premier jour. Alors mon fleuve endormi s'éveillait et la sève agitait mon corps. Je n'avais plus honte, une certaine fierté d'être m'irisait.

Encore aujourd'hui, je ferme les yeux pour m'extraire du monde, et Juliette est là. Je l'entends.

Tu viens, *mon* Auguste.

Quoi, mon meilleur ami me trahirait !…

Mon soleil, où es-tu ?...

Je reviendrai, *mon* Auguste, c'est promis...

Tout mon être tressaille en évoquant Juliette, tour à tour mutine, enjouée, touchante. Malgré moi, me vient une émotion que les gens raisonnables qualifieront peut-être d'imbécile sensibilité, voire de sensiblerie. J'aime être seul et me laisser aller à l'émotion en songeant à Juliette. Souffrir pour elle, c'est encore l'aimer un peu. J'ose parfois une prière à Dieu ou à son mauvais ange pour qu'en rêve je puisse l'étreindre et que ma chair en garde le souvenir... Mes nuits sont longues sans elle, si longues... Noires, si noires et déjà bercées d'infini.

*

*   *

Me voici face à ma table de travail. Une pluie d'hiver triste et sombre dégouline sur les baies vitrées. Dans le ruissellement de l'eau, je crois apercevoir les yeux de Juliette. Comment se débrouille-t-elle pour apparaître et disparaître ainsi ? Et je me souviens de son retour après plusieurs jours d'absence...

*

*   *

Elle est revenue le 22 juillet au soir, un peu pâle...

Je me suis précipité. Juliette marchait appuyée sur une canne. Elle a levé les yeux sur moi. Je l'ai prise dans mes bras, au milieu de cette salle à manger où tous étaient déjà réunis pour le repas du soir. Jamais je n'avais agi ainsi. Je n'ai pas calculé mon geste. Ce fut un élan du cœur. Elle m'avait manqué comme j'avais dû lui manquer, car elle ne se dérobait pas. Et puis elle a pris mon bras et nous avons gagné notre table.

Assise, elle a retrouvé la parole comme si rien ne s'était passé. Enjouée, délicieusement enjouée. La canne sur laquelle elle s'était appuyée pour venir à moi a glissé jusqu'à terre. Juliette l'avait accrochée au rebord de la fenêtre. Je me suis penché jusqu'au sol pour la ramasser et la remettre debout entre la table et une chaise. Juliette me faisait face. J'ai tendu les bras par-dessus la table pour prendre ses mains dans les miennes. Je voulais qu'elle sache combien elle comptait pour moi. Je voulais lui dire combien je l'aimais, rien qu'en la regardant. Il y avait de la tristesse dans son regard, impossible de la nier, même si Juliette m'offrait son plus beau sourire.

– Raconte-moi, dis-je. Je peux tout entendre.

– J'étais trop heureuse. Tellement pressée de revenir vers toi, *mon* Auguste, que je me suis prise les pieds dans un tapis, comme une très vieille dame, et voilà, une jolie entorse.

– On la soignera : des bains de pieds d'eau salée et un solide bandage. Dans deux jours, il n'y paraîtra plus et nous repartirons où tu veux.

Elle caressait mes mains du bout de ses doigts tandis que je scrutais l'éclat de ses yeux. Le voile de tristesse se dissipait. J'étais le plus heureux des hommes.

– Tu as vu, lança Juliette pour détourner le cours de la conversation, il y a au moins deux poissons qui sont morts.

– Je sais, dis-je, c'est depuis notre escapade. Quand Raymond rentrera de vacances, il sera triste. J'avais pensé, et j'aurai besoin de tes conseils, aller acheter un couple de scalaires, tu sais ces merveilleux poissons un peu plats et ronds et à longues moustaches.

– C'est une bonne idée. Cet aquarium est suffisamment vaste pour les accueillir. Les scalaires aiment la compagnie des autres poissons, leur cohabitation ne devrait pas poser de gros problèmes.

– Il y a un risque cependant.

– Lequel ?

– Certains petits poissons peuvent venir les taquiner et leur mordiller les moustaches.

– Et alors ?

– Ben, si c'est le cas, ils dépriment et meurent.

– Comme les humains. Mais on peut essayer, Raymond sera heureux, ce serait un joli cadeau ! Dès demain, nous irons en ville, enfin si je n'ai pas trop mal.

Après le repas, j'ai raccompagné Juliette jusqu'à la porte de son appartement. Elle marchait difficilement, même avec sa canne. Nous avons dû faire quelques haltes, et, à plusieurs reprises, nous asseoir sur les bancs posés le long du chemin qui relie le bâtiment de la Résidence à celui de Juliette. Il faut bien compter une bonne centaine de mètres.

– Me voilà vieille avant l'âge, lança-t-elle.

Elle m'invita à entrer un instant. C'était la première fois que je me risquais chez elle et je fus immédiatement séduit par l'ambiance de l'appartement de Juliette. Tout lui ressemblait, tout était elle. La commode Empire, le secrétaire de la même époque. À côté du piano, le petit canapé duo dont les coussins fleuris étaient assortis aux voilages et aux doubles rideaux de la grande baie. Sur le grand mur du séjour des livres, des livres et des disques.

– Je n'ai pas pu tout apporter. Le reste se trouve dans des caisses dans le sous-sol de la maison de ma nièce. Mais bon, ajouta Juliette, il faut savoir tourner les pages du livre de sa vie. Écrire de nouveaux chapitres.

Elle s'était assise sur le canapé. Je l'y avais rejointe.

– Nous ne dormirons pas ensemble cette nuit, je suis un peu fatiguée. Mais veux-tu rester près de moi quelque temps encore, j'ai tellement besoin de toi, *mon* Auguste.

Elle avait des larmes dans les yeux. Je l'ai prise contre moi longtemps. Juliette pleurait et ses larmes mouillaient mon cou. Bouleversé, j'ai murmuré de tendres paroles, embrassé ses cheveux, caressé son dos. J'essayais de la faire parler pour la délivrer du poids qui semblait l'oppresser. Quel était donc ce chagrin ?

– C'est… c'est… l'émotion de te revoir.

Elle eut envie de se confier, mais se ravisa. Je n'ai pas cru que l'émotion de me revoir pût la plonger dans un tel état de chagrin. Sa joie se serait manifestée autrement. Que faire ? Je ne pouvais me résoudre à la quitter en l'abandonnant à sa peine. Je me sentais désarmé, inutile, stupide, idiot de ne pouvoir consoler la femme que j'aimais le plus. J'ai gardé ses mains dans les miennes, les ai embrassées, encore et encore.

– Puis-je t'être utile ce soir ?

– Oui, soupira-t-elle. C'est difficile avec cette cheville qui me fait mal. Ce soir, mon Auguste, veux-tu être les mains qui me préparent pour la nuit.

Elle fit glisser ses vêtements sur le bord du lit et par terre. Je l'aidai doucement à défaire ses bas et lui passai sa chemise de nuit, en espérant n'être pas trop maladroit, j'embrassai furtivement ses seins. D'une main, elle caressa ma tête, mon cou et murmura qu'elle m'aimait. Puis, elle s'appuya sur moi pour gagner la salle de bains. Assise sur un tabouret, elle guidait mes gestes. J'appris ce que j'avais toujours ignoré : comment une femme pouvait se démaquiller. Les petits cotons, les petites lingettes, les laits, les lotions toniques, les crèmes qui nourrissent… J'étais heureux de l'aider. Heureux de l'aimer.

– C'est bien la première fois qu'un homme découvrira mes petits secrets, soupira-t-elle.

Je l'embrassai. Elle s'abandonna contre mon torse.

La fatigue l'avait saisie. Lever les bras pour extraire les épingles et barrettes fixant sa natte sur sa nuque était un effort épuisant. Je l'ai attirée contre moi. J'ai caressé sa nuque, baisé son front, ses tempes.

– Laisse-moi faire, repose-toi.

Ses cheveux sont tombés sur ses épaules. Elle m'a tendu une brosse ronde posée à sa hauteur sur un petit chiffonnier de bois peint en blanc et décoré de quelques violettes sur chaque tiroir. Puis, apaisée, Juliette a pu natter ses cheveux qu'elle a réunis dans un joli nœud de satin noir.

– Ainsi, ils seront moins emmêlés demain matin.

J'ai fait de mon mieux pour la border dans le lit, redresser les oreillers. J'ai éteint les lumières des chevets et déposé un dernier baiser sur les lèvres de cette femme vers qui toutes mes fibres se tendaient. Elle ferma les yeux comme pour emprisonner ces instants. Je m'apprêtais à partir quand elle me retint encore.

– J'aimerais que tu restes près de moi, Auguste, je suis si heureuse d'être revenue. Tu veux bien ?

D'un battement de paupières, j'ai acquiescé. Allait-elle me faire quelques confidences ? Il n'en fut rien. Elle absorba deux ou trois pilules. L'obscurité n'était pas totale dans la chambre. La nuit n'était pas tout à fait tombée. Je devinais le tressaillement de ses paupières à plusieurs reprises avant qu'elles demeurent closes. Juliette s'assoupissait. Son souffle restait un peu saccadé, comme si des sanglots avaient été contenus, puis sa respiration devint régulière, douce. Juliette dormait. Je l'embrassai encore sur le front, effleurai ses mains et quittai la chambre sur la pointe des pieds, mais le cœur gros. Comme je sortais, je me heurtai à sa nièce qui venait aux nouvelles.

– Elle dort, dis-je.

– Merci, monsieur Vuillemot. Je vous remercie de vos bontés envers ma tante. Elle vous aime bien.

J'ai eu envie de lui répondre : « Moi, je l'aime tout court et il me semble que ce sentiment est partagé. » Mais à quoi bon provoquer... Je suis allé directement à mon studio, sans repasser par la salle à manger où quelques-uns jouaient aux cartes. Je n'avais pas envie de parler. L'inquiétude rongeait mon âme et me taraudait le cœur.

*

*   *

Je me suis réveillé en sursaut cette nuit sans parvenir à me rendormir. Il me semble bien qu'une certaine agitation régnait dans l'établissement. On a roulé des chariots à l'étage au-dessus. Bruits de portes. Portières de voitures claquées. Qui était malade au point de devoir être conduit à l'hôpital ? À moins que le pire ne se soit produit pour l'un des résidents ? Mon cœur s'est serré. Rose ? Violette ? Momo ? Dédé ?

Puis, le calme est revenu. Vers six heures, l'agitation a repris. Des voix consternées chuchotaient dans les couloirs. Des pas, des bruits de chariots à nouveau. J'ai eu vraiment la poitrine prise dans un étau. La certitude d'une disparition. L'irrémédiable s'était produit pour l'un ou l'une de nous. En vingt ans, je n'avais pas ressenti de telles impressions. Le petit déjeuner serait servi vers sept heures trente. J'allais être fixé.

Pour tout dire, j'ai seulement bu un peu de café. Impossible d'avaler la moindre tartine. Ce fut le cas pour bon nombre d'anciens d'ici. Nous avons donc appris le drame. La mort de Rose pendant son premier sommeil vers vingt-trois heures. Momo ne l'avait pas quittée et somnolait assis dans le fauteuil à côté d'elle. Il s'est réveillé, a-t-il dit à la surveillante de nuit qu'il a appelée, quand la main de Rose a dû quitter la sienne. Les secours sont venus très vite. Pompiers et Samu quasiment en même temps, mais ils n'ont rien pu faire. Elle avait l'âge, diront les uns ; une belle mort, confirmeront les autres, avec Momo près d'elle en plus.

Rose a été immédiatement évacuée vers l'Annexe. Mais personne ne s'est, semble-t-il, soucié du pauvre Momo qui a regagné sa chambre peut-être un peu plus tassé qu'à l'ordinaire, et le pas lourd. La nuit a repris ses droits et le sommeil a enveloppé la Résidence. Mais en faisant sa dernière ronde, vers six heures du matin, la surveillante de nuit s'est étonnée de trouver la chambre de Momo grande ouverte. Elle est entrée et l'a trouvé couché sur son lit, tout habillé et déjà froid. Il avait griffonné un petit mot qu'il tenait encore entre ses mains.

– Salut à tous, je vais cueillir ma dernière Rose. Amitiés à Auguste !

Momo avait avalé une telle dose de médicaments que lorsque les secours sont arrivés, tout était dit. La mort ne l'avait pas surpris. Fidèle à sa promesse, Momo s'était offert à elle, préférant s'en aller avec une dignité exemplaire.

Je songe à eux deux qu'on devait installer ce jour dans un studio proche de l'appartement qu'avait occupé Juliette. Pourquoi n'avais-je pas pensé à cette solution avant ? Enfin, l'essentiel a été préservé. Momo sera resté près de Rose. Ainsi elle n'aura pas connu « l'hospice-long-séjour ».

*

*   *

On ne parle que de Rose et de Momo à la Résidence. On attend les instructions des familles pour savoir quand, comment et où auront lieu les funérailles. Pour l'instant, ceux que les vivants s'acharnaient à séparer sont donc réunis à l'Annexe. C'est un petit bâtiment blanc, d'une laideur à faire peur, un peu en retrait de la chapelle, sous un bouquet de marronniers, de l'autre côté de la rue, près de l'hospice.

Moi, je dis, à qui veut l'entendre, que Rose et Momo devraient être enterrés ensemble. Ils avaient réussi à imposer leur profonde tendresse, étaient restés unis pendant presque sept ans et ce, en dépit des ragots, commérages ou vexations de toutes sortes. Cette constance-là mérite récompense.

À part Jean, l'aîné des fils de Momo, on n'aura guère vu venir de famille. Rose n'avait qu'une nièce qui ne s'est guère souciée de sa vieille tante. « Ce qui sera fait pour ma tante sera bien », a-t-elle dit au téléphone à la direction de la Résidence. Elle a tout de même demandé qu'on fasse incinérer Rose. « Faire des milliers de kilomètres pour venir fleurir sa tombe à la fête de la Toussaint, non merci », a-t-elle encore précisé.

Jean Martinot était donc au courant de ce qu'il appelle « la liaison de son père ». Il n'en a jamais été choqué, m'a-t-il dit quand je l'ai croisé en sortant de l'Annexe où je suis allé me recueillir. Il se demande s'il est de bon ton de glisser Rose dans le caveau familial, puisque caveau familial il y a chez les Martinot. Il invoque le respect dû à leur mère. On peut comprendre ses scrupules. J'ai émis une idée. Je sais l'emplacement de ce caveau, juste au bout de l'allée des bouleaux. Rose pourrait être incinérée. J'irais enterrer ses cendres au pied de l'arbre qui fait de l'ombre sur le caveau des Martinot à l'heure chaude en été. Rose serait donc près de Momo, comme il aura été près d'elle au moment du passage.

– Auguste, vous êtes un monsieur très chic. Mon père l'a toujours dit.

*
*   *

Je reviens de la chapelle. Je suis allé prier pour le repos de mes vieux copains et j'ai croisé la directrice de la Résidence, un sourire immense aux lèvres.

– Tout est arrangé, Auguste, a-t-elle dit.

Je suis vraiment content de moi. On va célébrer les funérailles du vieux couple dans deux jours à la chapelle de l'hospice. Momo sera inhumé au cimetière des Aulnes, tandis que Rose partira au crématorium de Nancy. Le surlendemain un employé des Pompes funèbres m'apportera l'urne de Rose. Et je ferai ce qui doit être fait pour que ces amoureux soient proches l'un de l'autre. Ainsi, chaque fois que le vent passera dans les feuilles du bouleau blanc, Rose chantera pour Momo par-dessus sa tombe. Quant à moi, en allant visiter l'un, je rendrai forcément visite à l'autre au cimetière des Aulnes. Sarah, qui dort à quelques rangées de là, a dû œuvrer pour qu'il en soit ainsi.

Chapitre 11

Me voici face à ma table de travail, j'écris pour dire la vie, j'écris pour narguer la mort, j'écris pour aimer encore Juliette.

Stéphanie, une petite stagiaire, a glissé une lettre sous ma porte. J'ai reconnu l'écriture de Mouche. C'est une bien longue missive que Paul a signée. Leur retour approche et je m'en réjouis. Peut-être seront-ils à Rochefontaine pour le 1er janvier. Ils aimeraient fêter cette année 2000 avec moi. Bien sûr, Mouche n'oublie pas sa fille Sophie. Dans chaque courrier, depuis ces jours tragiques de juillet, Sophie est présente. Une vie bien courte. Une vie volée en quelque sorte. Elle avait toujours été étrange, la petite Sophie. Charmante, mais étrange. Un regard de soleil perdu dans des paysages connus d'elle seule. Une souffrance qui semblait lui mordre le cœur. J'espère que Mouche a trouvé du réconfort auprès de Paul.

Maintenant que leur retour est prévu dans une dizaine de jours, je ne tiens plus en place. Je vais en ville, flâne devant les vitrines illuminées. J'ai envie de faire des petits cadeaux à tous ceux que j'aime ou n'ai pas assez aimés. Chaque sortie en ville est l'occasion de faire un achat. Je reviens avec un présent. J'ouvre la grande armoire près de mon lit, et tout en bas, sous la couverture pour les grands froids, je le dépose le cœur battant. Il y en aura pour Renée, Ladislas, la petite Magali qui les aide. Je n'oublie pas, dans la longue liste que je me suis préparée, Clémence et Thomas, Catherine, leur mère. La mort de Gilles après le drame qui a secoué Rochefontaine en 1981, ne doit pas séparer ceux qui restent. Gilles est toujours mon fils dans mon cœur malgré une conduite méprisable. Sa jalousie à l'égard de Gabriel l'a poussé à commettre l'irréparable en humiliant son frère. Démasqué par Mouche, il a préféré mettre fin à ses jours sans réfléchir aux conséquences de son acte. Il avait femme et enfants. Et puis, il y a les autres enfants de Mouche, Philippe et Clairette, Pierre, et quelques bons amis de la Résidence qui, comme Nathalie, figurent en bonne place. D'ailleurs, j'ai envie de gâter tout le monde. Si aucun des destinataires ne se manifeste avant l'Épiphanie, j'enverrai ces cadeaux par la poste. Naturellement, je n'oublie pas Hannah. Quand je fais escale chez elle au cours d'une marche passant par Lay-Saint-Christophe, elle m'offre toujours un café et une part de gâteau. « On ne boit pas sans manger », dit-elle. J'ai aussi pensé à Raymond. Pour lui, j'ai trouvé un livre sur les poissons et les aquariums. Un livre superbe. Je suis impatient de savoir ce qu'il en dira. J'imagine ses réactions quand le papier d'emballage sera arraché et qu'il découvrira ce bel ouvrage. Raymond est fatigué ces derniers temps. Il s'interroge sur le sort des poissons de l'aquarium au cas où il s'en irait, dit-il, plus vite que prévu, rejoindre Rose et Momo.

– Heureusement, tu sais presque aussi bien que moi t'occuper des poissons. Sauf que tu avances en âge. Et comme tu es plus vieux que moi (de six mois seulement), tu risques de mourir avant moi. Alors, ça me tracasse. Il faut que je forme quelqu'un.

– Tu ne connais pas la vigueur d'Auguste, lance Violette quand elle nous entend nous chamailler à ce propos. Tu sais bien comment est Auguste : droit comme un i, fort comme un chêne. Auguste n'est pas n'importe qui.

Un jour, je vais exploser. Cette phrase-là circule dans tous les couloirs et revient sans cesse. Je m'agace intérieurement, puis finis par me calmer. Il n'y a rien de méchant dans ces propos. C'est cela aussi vieillir, on ressasse et on radote.

Chaque soir, à mesure qu'approche Noël, j'ouvre mon armoire, soulève la couverture, prend ma liste de cadeaux en mains et vérifie. Pourvu que je n'oublie personne ! Au fond, il serait bon de posséder quelques présents supplémentaires au cas où… Une visite imprévue. Une politesse à rendre. Bougies, fleurs, calendriers, petits vases, jolis stylos, papier à lettres, marque-pages, livres, foulards, écharpes, mouchoirs semblent faire bon ménage dans le bas de cette armoire. Soudain, j'ai des idées plein la tête. Et me reviennent de très lointains souvenirs. Je revois ma mère scandalisée parce que, Noël approchant, Sarah et moi-même voulions gâter les enfants.

– Ils ont déjà eu leur Saint-Nicolas.

J'avais essayé d'argumenter.

– Mère, les temps changent, on fête aussi Noël un

peu partout. Se faire quelques cadeaux donne du bonheur.

– Les cadeaux, disait ma mère, ça ne sert qu'à enrichir les commerçants. Futilité, bêtise ! lançait-elle presque rageusement.

Génie était ainsi. En bonne paysanne, elle suivait la droite ligne du sillon. Et rien ni personne n'avait jamais pu la faire changer d'avis.

*

* *

À quatre-vingt-dix ans, j'ai le cœur battant en poussant la porte des magasins. Mes yeux brillent autant que ceux des gamins. Je respire profondément, j'ouvre mes oreilles pour ne rien perdre des préparatifs des fêtes de fin d'année. Les marchés de Noël se sont installés autour de l'église et jusque sur la place du 14-juillet. À la plupart des échoppes de bois vosgien, pendent des angelots gracieux au milieu de guirlandes de boules lumineuses. Des branches de sapin fraîchement coupées, car l'odeur de résine est encore très forte, tapissent les murs et les rayons de ces magasins surgis de nos rêves d'enfants. L'odeur des marrons grillés s'élève et chatouille mes narines. Instinctivement, je glisse mes mains au plus profond de mes poches de pantalon pour y chercher quelques sous, comme lorsque j'étais gamin.

– Un cornet, monsieur Jules, s'il vous plaît.

Jules souriait en me voyant approcher la langue au bord des lèvres. Jules avait fait la guerre de 1870. Il y avait laissé l'avant-bras gauche et s'était reconverti dans les marchés des quatre-saisons. L'hiver, il vendait des marrons pour son compte. Au printemps, en été comme en automne, il proposait les légumes et les fruits de son jardin.

– Tu les aimes, hein, mes marrons ? Ce sont les plus gros du marché, et tendres avec ça ! Ça te fera deux sous, et tu peux me croire, pour deux sous, tu en auras mal à ta *boudatte* (mot de patois lorrain qui signifie ventre) jubilait Jules emmitouflé dans sa pèlerine et son cache-nez.

Il attrapait ensuite deux ou trois feuilles de papier journal qu'il maintenait sous son « petit bras », comme il disait, avant de s'accroupir pour les rouler en cornet en prenant appui sur une table basse. Ensuite, de ses gros doigts de la main droite glissée dans une mitaine, il saisissait un à un les marrons chauds pour en remplir le cornet coincé entre son thorax et son moignon. Je le regardais faire, fasciné par tant de dextérité malgré son handicap, savourant par avance ces marrons dont je sentais la douce chaleur du fond de la gorge jusqu'à mon ventre.

Ce sont les odeurs qui me ramènent à l'enfance. Elles ont ce pouvoir quasi magique d'abolir le temps et de ressusciter des pans de vie que je croyais à jamais enfouis. J'avais déjà ressenti cela au bras de Juliette. C'était peu avant notre grande première de *La Veuve joyeuse.* Nous nous étions rendus à Nancy et étions passés par le parc de la Pépinière avant d'effectuer nos achats. Il y avait un marchand de gaufres et de barbe à papa près de la roseraie. Je me suis revu petit garçon à la main de mon père Léonce avant la guerre de 1914. Je devais avoir quatre ou cinq ans. Je ne sais plus pourquoi, il m'avait emmené seul à Nancy et à la Pépinière. Il y avait un antique manège aux décors de bois peints en vert et représentant des arbres au feuillage magnifique, du moins selon mes souvenirs d'enfant. Ce manège tournait, entraîné par une paire de vieux chevaux harnachés de pompons et sonnettes. J'étais assis à califourchon sur un petit cochon. J'entends encore l'orgue de Barbarie à l'intérieur du manège. Au bras de Juliette, rien qu'en respirant l'odeur de barbe à papa, ce souvenir de manège et de friandise a surgi des limbes de ma mémoire jusqu'à retrouver le poisseux sucré sur mes doigts que je léchais lentement pour faire durer le plaisir. J'ai raconté la scène à Juliette, très attentive.

– Ça, m'a-t-elle dit songeuse, c'est un souvenir heureux, petit gourmand !

Puis, son visage s'est soudain assombri, perdu dans un lointain paysage.

– Pour moi, certaines odeurs sont indissociables d'événements graves. Il y a une odeur que je ne supporte pas, c'est celle de la pâtisserie brûlée, que j'associe à la mort, à une déchirure irréparable.

Et pour la première fois, Juliette a évoqué ses origines autrichiennes par son père, et la honte qu'elle gardait de ce pays qui avait plié devant Hitler le 13 mars 1938. Son père n'avait jamais adhéré au parti nazi. Mais il s'était tu. Or, qui ne dit mot consent, avait ajouté Juliette. Bien avant l'*Anschluss*, la mère de Juliette voulait quitter la petite ville de Hall au Tyrol pour revenir en France. Elle venait de lire la une de *Der Tag* : *L'Autriche apporte son soutien à Franco*. La colère de sa mère fut telle qu'elle oublia les *Linz* (tartelettes aux amandes) dans le four. Le père de Juliette haussait les épaules tandis que sa mère continuait de se lamenter :

– Un jour, l'Autriche, et toi avec, devront saluer Hitler, et ton fils aura la tête mangée par la propagande au sein des jeunesses hitlériennes comme c'est le cas en Allemagne.

– En attendant, Rachel, tu ferais mieux de surveiller le four, ça sent…

Les gâteaux étaient carbonisés. Longtemps, Juliette associa cette odeur de brûlé qui prend au nez et à la gorge à la tragédie qui devait suivre. Sa mère Rachel, son frère Samuel, âgé de dix-huit ans, et elle partirent de nuit, sur la pointe des pieds, au cours du mois de février 1938 en laissant dormir l'homme de la maison. La mère de Juliette avait mis du somnifère dans sa tisane du soir. Juliette avait le cœur déchiré de quitter son père et ses grands-parents qu'elle ne devait jamais revoir.

C'est dans la campagne vosgienne, non loin de Saint-Dié, chez une cousine de sa mère, qu'ils s'installèrent. Juliette parlait encore mal le français et fut souvent sujette aux moqueries quand on la traitait de moitié-boche. C'est pour se faire admettre par la France, pour prouver qu'elle n'avait rien à voir avec les nazis qu'elle rendit quelques services à la Résistance, dès 1941. Elle avait tout juste quatorze ans et portait les messages. Qui se serait méfié d'une gamine qui courait les bois ? Je revois Juliette les larmes aux yeux en évoquant ces souvenirs.

– J'ignorais encore que la guerre me prendrait en même temps ma mère et mon frère.

Juliette se ressaisit bien vite, cependant. Je me demandais parfois où elle puisait tant de force. Elle et moi étions à Nancy, certes, pour nous promener, mais également pour organiser la fête célébrant la réussite de *notre* entreprise. Elle disait *notre* entreprise. C'était la sienne surtout. Juliette voulait qu'à l'issue de la première de cette *Veuve joyeuse*, chaque acteur, musicien, technicien, serveur pût pêcher à la ligne un cadeau dans un immense bac rempli de sciure (comme dans les fêtes foraines). Nathalie et moi avions passé des soirées à envelopper des centaines de babioles dans de jolis emballages rouges avec des rubans verts. La petite fête serait naturellement arrosée de vin blanc d'Alsace. Juliette disait toujours qu'il faut marquer chaque instant heureux pour ne pas l'oublier.

Cette culture du cadeau, c'est donc bien Juliette qui me l'a transmise. Auprès d'elle, j'ai compris le vieux proverbe : Il y a plus de joie à donner qu'à recevoir.

Notre fête fut une réussite. Les cadeaux étaient différents et des cris de surprise s'élevaient à mesure qu'ils étaient ouverts. Parfois, des échanges se produisaient, mais chacune et chacun repartait avec un souvenir de ce jour exceptionnel que nous n'étions pas près d'oublier.

Alessandro et moi avions pensé à Juliette. Elle reçut une corbeille de roses et d'orchidées aux teintes pastel. Elle l'avait bien mérité. Le spectacle s'était déroulé au cœur d'un bel après-midi d'automne, sans fausse note, et le bonheur se lisait sur tous les visages.

La presse s'était déplacée, la télévision régionale aussi pour interviewer Juliette et Alessandro. Mais Juliette avait une idée. Elle glissa quelques mots à l'oreille d'un photographe, déjà venu faire une série de clichés quelques jours auparavant. Et je vis Juliette venir vers moi pour me prier de me rendre dans le parc, près du petit lac où nous nous retrouvions souvent pour converser et nourrir les canards. Voyant mon air plus qu'étonné, elle ajouta charmeuse :

– Jacques fera une photo de nous deux. Tu n'y vois pas d'inconvénient ?

Je n'avais rien à refuser à Juliette. Je voulais au contraire lui donner le meilleur de tout. Lire dans son regard ces ondes de bonheur qui passaient était un plaisir extrême pour moi. Elle avait donc besoin d'immortaliser un peu de nous sur une pellicule. Le photographe qui se plia aux désirs de Juliette insistait d'ailleurs sur la force de l'instant qu'il allait saisir. Il nous fit prendre la pose. Il plaçait une de mes mains sur la taille de Juliette, puis l'autre sur son avant-bras, ou bien il me demandait de lui tenir les deux mains.

Il avait fait beau tout le jour. Le soleil descendait derrière la colline de Rochefontaine au-delà de la forêt qui rejoint le grand étang. Cette forêt était déjà parée des taches d'or d'un automne flamboyant.

Ce tableau d'automne me fit remonter dans le temps. Cette même forêt fut la dernière vision de mon père au lendemain de la grande guerre. Ma grand-mère Philomène le veillait tandis que les feuilles tombaient et que le potager blondissait. Ce qu'une arme à feu, une baïonnette au bout d'un fusil n'avaient pu faire pendant les combats dans les tranchées, ce furent les gaz qui l'accomplirent et emportèrent le capitaine Vuillemot en des cieux où l'air ne ferait pas défaut.

Il faisait bien doux encore lorsque je posai mes

mains sur Juliette à la demande du photographe. Elle frissonnait. D'un discret baiser, j'ai effleuré la tempe droite de ma belle, tandis que Jacques rechargeait ses appareils.

– Essayez de penser à quelque chose d'heureux de vous, ajoutait-il.

Quelque chose d'heureux de nous ! Ce pouvait être l'instant de la naissance du sentiment, l'instant de la rencontre intense, de la fusion, celle qui déchire l'espace et fait communier les humains avec l'éternité… Ce pouvait être un sentiment commun en marchant dans les sous-bois vosgiens à la recherche de la fleur qui manquait aux bouquets que Juliette composaient. C'était tout simplement ce que nous vivions, en regardant les objectifs qui allaient nous dévorer. Un instant heureux regroupant quelques mois d'une lente progression vers une rencontre.

Juliette et moi n'avions connu que des instants heureux, enfin presque… Les instants malheureux étaient ces jours qui la voyaient partir sans explication. Des jours obligés, des parenthèses au bonheur contre lesquelles on ne peut rien, et qui, moi, me mortifiaient car j'imaginais le pire. Quelqu'un d'autre dans sa vie ? Un malheur dont elle ne pouvait me parler ? Ce n'était pas ce qui intéressait le photographe. Dans ce parc qui prenait ses plus belles teintes d'automne, il nous incitait à ne songer qu'au bonheur, à y songer si fort que la photo en garderait la trace pour longtemps. Comme je serrais Juliette un peu plus fort contre moi, je sentais le trouble l'irriguer. Un trouble qui fit monter en moi un puissant désir que je dus taire.

Quand nous reçûmes les photos, je les contemplai longuement. Un photographe est presque toujours un voleur d'âme, me dis-je. C'est aussi un metteur en scène. Nous avons obéi à ses ordres. Par quelle alchimie pouvions-nous lire sur ces clichés l'ineffable de la rencontre amoureuse ? Car c'est bien ce qu'avait réussi à fixer Jacques. L'aboutissement d'un mystère unissant deux êtres.

Aujourd'hui, photos en mains, je cherche la trace du mal qui s'était déjà emparé de Juliette. Je saisis une loupe, la pose sur le papier, l'éloigne et me livre à une inquisition minutieuse. Je veux trouver l'origine de cette douleur. Peut-être dans l'insistance de ce regard, dans ce sourire trop beau, dans l'illusion de l'instant ? Oui, c'est cela, mais je n'ai pas su, ou pas osé les lire en vérité. Le malheur vient toujours trop vite.

Mes yeux avaient caressé Juliette avec lenteur pendant les prises de Jacques. Bien sûr que j'avais perçu la fatigue dissimulée sous un savant maquillage. De petits cernes bleus tentaient de franchir les millimètres de poudre soigneusement appliquée. Juliette n'avait rien caché de sa fatigue. Tout en surveillant le déroulement du spectacle, elle m'avait dit en coulisses :

– Auguste, je suis épuisée. J'aurais bien besoin de vacances. M'accompagnerais-tu en Alsace pour une petite semaine à la fin du mois ?

C'était une bonne idée. Cette fatigue disparaîtrait avec les vacances. Juliette s'était tellement donnée ces dernières semaines qu'elle méritait bien un peu de repos. Oui, je l'accompagnerais… en Alsace. Un peu le pays de Juliette, un peu aussi de celui de Sarah.

Pourquoi fallait-il que mes battements de cœur me ramènent sur des chemins jadis empruntés par Sarah et moi ? Était-ce Sarah qui, du haut du ciel ou de cet invisible pays, prenait plaisir à m'entraîner là où je m'étais promis de ne plus jamais retourner puisqu'elle n'était plus là ?

Juliette me voyait songeur. Elle avait l'art de dissiper toute crainte en caressant le bout de mon nez. Et je me souvins d'Alessandro passant derrière moi le soir de la première :

– Prends soin d'elle… Elle a besoin de toi, comme toi tu as besoin d'elle.

CHAPITRE 12

Dans cinq jours ce sera Noël, et le temps est aussi doux qu'en mars quand le printemps s'annonce. Où sont les hivers d'antan ? En me promenant dans le parc ce matin, j'ai vu des arbres bourgeonner. Le bouquet de forsythias, près du petit lac, a toutes les peines du monde à contenir les fleurs au bout de ses branches gonflées de sève. Juliette s'émerveillerait de l'audace de la nature. Elle me dirait de couper quelques rameaux pour les mettre dans l'eau afin d'avoir une jolie tache de soleil sur la petite table de son salon.

– Comme ça, tu seras tout enluminé pour Noël.

Si elle était là, je me ferais un plaisir de lui offrir ces promesses de fleurs.

En ces jours, je marche à ses côtés en écrivant nos quelques jours de vacances alsaciennes après une série de cinq représentations de *La Veuve joyeuse* et avant le lourd programme de la Compagnie des Foulards bleus demandée un peu partout depuis le temps de l'Avent et jusqu'au jour des Rois.

Des invitations étaient arrivées de la Meuse, de la Moselle, du Jura même. En ouvrant le courrier, je lisais le bonheur dans le regard de Juliette. Parfois, on l'appelait au téléphone. Alessandro la taquinait et lui disait quand il passait :

– Tu es une star, il va te falloir une attachée de presse ! Mais tu es fatiguée, mon cœur, va te reposer avec ton amoureux. Nous t'attendrons.

*

* *

Juliette et moi avions pris le train à Nancy. Il avait été convenu que notre escapade commencerait par Strasbourg et que nous irions ainsi jusqu'à Altkirch en passant par Colmar. Elle avait, comme elle disait, ses points de chute. C'est-à-dire quelques habitudes dans certains hôtels ou chez des amis qu'elle prendrait plaisir à visiter. La perspective de ce voyage avait redonné quelques couleurs à ses joues bien pâles. Gentiment, je l'avais grondée. Elle devait se ménager, se reposer. Elle ne m'entendait jamais lorsque je l'entraînais sur ces chemins-là.

– Il faut vivre tant qu'on le peut, répondait-elle invariablement. Mon cher Auguste, on a toute l'éternité pour se reposer. Quand je vois les yeux ravis des uns et des autres, j'ai déjà toute ma récompense.

Comment lui dire ma crainte de la perdre ? Comment lui dire que je l'aimais apaisée et non obligée de contenir une douleur. Je suis certain qu'elle souffrait. Elle posait parfois une main sur une hanche et chassait bien vite la grimace venue crisper son visage. Ah ! Que j'eusse aimé avoir encore la force de ma jeunesse pour la soulever et l'emporter loin pour qu'elle pût se reposer à mes côtés !

J'espérais ce voyage autant que je le redoutais. Nos pas foulaient une terre qui, selon moi, appartenait à Sarah. Fallait-il craindre le fantôme de Sarah ? Ou suivre la lumière qui nimbait Juliette dans un itinéraire connu d'elle seule ? J'ai très vite perçu ce qu'attendait Juliette de ce voyage. Comme une artiste, elle avait besoin d'un autre théâtre. Elle écrivait sa pièce du bonheur, la nôtre en l'occurrence. Elle se faisait des souvenirs. Il est vrai, qu'à nos âges, le temps nous était compté. Nous ne pouvions pas espérer vingt ans d'amour. Elle oui, peut-être, mais pas moi qui aurais presque pu être son père. Ah non, me dis-je, chassant cette pensée au moment où elle surgissait. Ces considérations sont stupides.

L'automne est une saison magnifique en Alsace. L'été tarde toujours à s'en aller. La terre est encore chaude et les marais du Ried autour de Strasbourg paraissent doucereusement engourdis. À Strasbourg, nous avons déambulé pendant tout un après-midi avant de gagner le bel hôtel près de la cathédrale en rénovation. Longtemps, Juliette est restée au balcon à observer la grande dame rose entourée d'échafaudages. Nous venions de la visiter. Nous nous étions arrêtés devant les Vierges folles et les Vierges sages, si belles, si attendrissantes. Des sculptures aux lignes d'une grande pureté.

– Un véritable théâtre, a dit Juliette. Tu les vois, ces folles qui disent attendre l'époux et ne s'y préparent pas. Regarde, Auguste, les Vierges sages. Admire la main de l'artiste : pour dire la vérité de ces femmes, il n'a usé d'aucun artifice, j'en pleurerais.

Juliette restait sur le balcon de notre chambre à

contempler la cathédrale, la plus belle de toutes, disait-elle. Paris et Chartres n'étaient rien en comparaison de celle-ci. Elle ne se lassait pas et murmurait contre le sous-sol trop marécageux qui n'avait pas permis à l'autre tour de l'édifice d'aller cueillir le baiser divin. Les architectes avaient craint un trop grand poids du monument sur un sol pas vraiment stabilisé. C'est du moins la version officielle.

– J'aime cette cathédrale, en devenir, comme toutes les grandes histoires d'amour, murmurait Juliette.

L'amour est ainsi, un édifice en construction. Il lui manquera toujours un baiser, une pensée pour être parfait ou simplement consolé. Juliette avait-elle un chagrin que j'ignorais ou qu'elle ne pouvait me confier? Je m'étais approché d'elle. De mes bras, j'avais entouré sa taille. Elle avait rejeté sa tête dans mon cou. Le vent se mêlait aux cheveux échappés de la natte relevée avec grâce sur sa nuque.

– Je te demande pardon, Juliette, de n'être pas celui que peut-être tu espères.

C'est seulement à cet âge avancé de la vie que je découvrais l'importance de dire et de redire les mots d'amour. Pour Juliette, habituée à manier la langue et le verbe, les choses étaient aisées. Pour le vieux bonhomme que je suis, et qui a plutôt observé le mouvement de la terre et la caresse du soleil sur les sillons, les choses pouvaient être plus difficiles. J'aimais Juliette en ces instants. Je l'aimais tant, comme ont pu l'écrire bien avant moi les poètes, que j'eusse voulu mourir allongé à ses côtés à lui tenir la main. L'amour est bien ce trouble merveilleux, ce sentiment d'une force étrange, sans doute parce qu'il élève l'humain avec majesté. Oui, je crois avoir découvert ou redécouvert cela avec Juliette. Comment était-ce avec Sarah ?

J'avais aimé Sarah, mais dans une sorte de fièvre précipitée due à notre fougue et à notre jeunesse. Avec l'âge, probablement parce que les mouvements du corps sont freinés, les sentiments s'offrent à l'être humain en toute plénitude. Et l'on mesure l'importance de l'amour magnifié dans le désir. Tout commence dans les prémices. Une caresse rêvée, tremblée, esquissée lentement pour que tressaille la chair jusqu'à l'accomplissement et l'apaisement. Ainsi s'engrangent les plus beaux souvenirs aux portes de l'éternité.

Juliette était encore relativement jeune, par rapport à moi, évidemment. De la vieillesse, que savait-elle ? Au carrefour de la vie, elle allait emprunter des chemins que je connaissais. M'avait-elle choisi pour cette raison ? Pour que je fusse son guide ? Mais quel guide ? L'amant ou le père ? Je n'ignorais pas que la guerre l'avait privée du sien trop tôt. Devais-je quelque part servir de relais ? Mais que pouvais-je donc pour l'aider et mieux l'aimer ? Elle riait et parfois son rire prenait les accents de celui d'une petite fille qui m'aurait fait don de la lumière de sa jeunesse. Je devais entretenir cette lueur longtemps, longtemps…

Strasbourg s'épanouissait dans les rayons de l'automne. La douceur d'octobre caressait les maisons de pierre rose de la Petite-France de part et d'autre de l'Ill. Les géraniums qui n'étaient pas encore rentrés cette année-là faisaient ressortir la sombre et chaude beauté des colombages des vieilles demeures. J'ai perçu jusque sur ma peau d'octogénaire l'obstination de cette province à vouloir demeurer entre l'Allemagne et la France. Les lieux disaient leur histoire. L'air en portait la farouche volonté. Les pierres s'étaient érigées en gardiennes des siècles. Les nuages pouvaient glisser de Strasbourg à Mulhouse, se cacher derrière les vallons ou les tours du Haut-Kœnigsbourg, masquer au printemps l'arrivée d'un couple de cigognes, cette terre continuerait d'exhaler sa fierté.

Je savais en foulant le sol de l'Alsace que le souvenir de Sarah reviendrait me hanter. Je savais aussi que si nous passions par les petits villages alentour, je la verrais, je l'entendrais... Elle avait grandi dans un village alsacien, dans une famille qui cultivait le tabac. J'étais l'ami de Moshe, son frère venu s'établir à Nancy. De temps à autre, tous deux allions en Alsace. Lui, pour revoir sa sœur, moi, parce que j'étais amoureux, d'elle. Sarah me guettait et de son accent charmant lançait : « Yo Auguste, on fait de la musique, hop'là, une fois ? »

Elle se mettait au piano, Moshe sortait son violon tandis que je saisissais ma clarinette. Parfois, nous chantions aussi.

Au bras de Juliette, j'allais en silence, la musique au bord des lèvres et le cœur chaviré. Juliette voulait revoir Liselotte, sa petite cousine de Saint-Dié, mariée à un viticulteur d'Ammerschwihr. Nous sommes arrivés chez Liselotte en pleine vendange et avons été accueillis avec chaleur. Les soirées se prolongeaient tard après le *bäckhoff* et le *kougelhopf* arrosé de vin d'Alsace. Je les connais, ces vins, secs ou sucrés. Ils descendent bien. Le palais et la gorge se réjouissent... Ce fut gouleyant comme on le dit chez nous en Lorraine d'une bière dorée et mousseuse. Mais il a fallu passer au schnaps maison. Un breuvage qui chauffe les entrailles du plus endurci des hommes. Les femmes n'en prennent qu'un canard. Elles trempent un morceau de sucre dans la tasse des hommes. Juliette n'a pas failli à la coutume et j'ai bu, réveillant le passé des soirs de moisson bien arrosés. J'ai bu, et Juliette aussi. Je n'ai honoré ma belle qu'au petit matin après la dissipation des brumes d'alcool, mais nous avons beaucoup ri.

– C'est cela prendre de l'âge, ai-je dit à Juliette. Il vient ce jour où la tête est gonflée d'un désir très puissant car entretenu par les souvenirs, mais ce jour-là, la mécanique déraille...

Elle a froncé le nez dans une charmante grimace avant de venir le frotter contre le mien.

– Tu parles bien comme un homme, Auguste. Tu crains pour ta virilité. Orgueilleux, va. Comme si tu ignorais le plus important : le sentiment. Aurais-tu déjà oublié ?

Bei jedem Walzerschritt
tantzt auch die Seele mit,
da hüpft das Herzchen klein,
es klopft und pocht : Sei mein ! Sei mein !
Und der Mund, er sagt kein Wort,
doch tönt es fort und immerfort :
ich hab' dich ja so lieb,
ich hab' dich lieb !
(À chaque pas de la valse
l'âme rejoint la danse,
et mon cœur fait de petits bonds

et cogne et bat : tu es à moi, tu es à moi
Et de la bouche pas un mot ne sort,
pourtant je l'entends, encore et encore :
je t'aime, je t'aime tant,
je t'aime tant !)

Juliette avait l'art de dissiper toute ombre. C'était une adorable sorcière. Je le lui ai dit. Elle m'a poussé sur le lit, a saisi un oreiller et l'a lancé m'atteignant en pleine poitrine et visage à la fois. J'étais vaincu, mais heureux.

*
* *

On a sonné.

Je n'attends personne. Je murmure : Juliette, je t'abandonne à l'Alsace, à tout à l'heure, et je pose mon stylo à regrets pour aller ouvrir.

Je te reviens, Juliette. Ma visite est repartie. Trois petites filles, le sourire aux lèvres et les yeux lançant des dizaines d'étincelles, et un garçon en retrait précédaient Laurette, une dame catéchiste. J'avais oublié l'annonce faite par le curé à la fin de la messe, dimanche dernier. Les équipes de catéchisme visiteraient les maisons de retraite et hôpitaux du secteur. Laurette a présenté son équipe. J'ai accueilli, reçu les cartes de vœux dessinées par les enfants. J'ai bavardé avec eux. Qu'aiment-ils faire ? Qui sont leurs parents, grands-parents que j'ai peut-être connus ? Les langues se sont déliées et les enfants m'ont bombardé de questions.

– Ça doit être triste d'être ici, de vivre seul.

J'ai répondu que non, que j'avais des enfants, des petits-enfants qui me rendaient visite, m'invitaient aussi.

– Pourquoi vous n'habitez-vous pas chez vos enfants si votre femme est morte ?

J'ai expliqué que les rythmes de vie sont différents. Que les enfants ont le droit de vivre sans avoir de comptes à rendre à leurs vieux parents. Que je n'avais plus l'âge de jouer au gendarme.

– J'en viendrais à penser que je suis toujours jeune et eux toujours petits. Et peut-être même que je les gronderais si je ne suis pas d'accord avec eux.

Mes explications ont fait rire l'une des petites filles. Celle qui s'appelle Caroline et a des couettes au sommet de la tête.

– Donc, vous n'êtes pas un vrai malheureux, a repris Chloé, la petite rousse aux yeux verts.

– Laurette, c'est ainsi que vous présentez les visites à la jeunesse : on fait une bonne action et on va voir les malheureux de la terre entière ?

Laurette a secoué la tête et souri. Je n'ai pas insisté.

– Est-ce que, des fois, vous vous sentez un peu seul quand même ? a demandé Clément, qui visiblement avait besoin d'avoir fait une bonne action.

– Voilà une bonne question, mon garçon ! La solitude, tu vois, c'est dans la tête. À mon âge, on a des milliers de souvenirs. Et puis, on peut lire, écrire, regarder la télévision, marcher, rencontrer d'autres personnes. Moi, j'aide Raymond quand il nettoie l'aquarium de la salle à manger.

Les ai-je convaincus ?

Ils sont repartis avec des bonbons dans les poches

et un petit billet à partager avec les vrais malheureux. Je les entendais rire dans le couloir :

– Lui, il est vachement sympa pour un vieux grand-père. Pas triste et même pas radin !

Pas triste, pas radin. Si la vérité sort de la bouche des enfants, je dois être flatté. Qu'en penserais-tu, belle Juliette ? Tu serais fière de moi et viendrais cueillir un baiser, et te penchant vers moi, je respirerais ton parfum…

Juliette se parfumait, comme Sarah du reste. Sarah énervait ma mère quand elle vaporisait le léger nuage qui la rendait plus désirable encore. J'entendais ma mère gronder que le parfum, c'était pour les cocottes.

– Les gens propres et qui ne sont pas futiles savent que le savon de Marseille, et à la rigueur un peu d'eau de Cologne, sont suffisants. Tout le reste n'est que vanité…

Et péché. Elle ne le disait pas, mais elle l'avait pensé si fort que nous l'avions entendu. Sarah s'obstinait au début de notre mariage, tenait tête à ma mère et continuait à se parfumer devant elle. Et moi, pleutre que j'étais, moi qui aimais sa peau caressée d'odeurs troublantes qui donnaient de la force à mon désir, je n'avais pas le courage de la défendre. Ce sont des détails qu'on a tort de sous-estimer, car au fil des ans, ce sont eux qui nous ont séparés et ont creusé le lit du malheur. Juliette se parfumait aussi et je m'en suis réjoui. Une femme parfumée ajoute un voile mystérieux à l'amour. Une femme parfumée n'est jamais vraiment nue. Et de ce voile-là, aucun amant ne peut la dévêtir.

*
*   *

Et le stylo m'emporte en Alsace aux côtés de Juliette. D'Ammerschwihr, nous sommes repartis à Colmar que nous avions traversé rapidement pour ne pas manquer la soirée vigneronne chez Liselotte. L'automne avait fait un pacte avec l'été car nous aperçûmes deux cigognes sur le toit de maisons hautes pas très éloignées l'une de l'autre.

– Les *storiks*, ou *storkis*, expliquai-je à Juliette. C'est selon l'accent du dialecte qui offre quelques variantes entre le nord et le sud de l'Alsace.

– Moi, ce que j'aime en Alsace, c'est la place extraordinaire qu'occupent les cigognes dans les foyers. Il me semble qu'en Alsace, aucun homme ne peut accuser sa femme d'adultère, puisque c'est la cigogne qui apporte le bébé.

Pouvais-je dire à Juliette qu'elle venait de mettre, sans le vouloir, le doigt sur un point resté douloureux dans ma vie ? Depuis que j'avais lu les carnets bleus de Sarah, je savais ce que j'avais toujours voulu ignorer. Je savais, et cette vérité avait clos mes yeux. Sans doute par faiblesse. Sarah aurait bien pu évoquer la *storki* pour la naissance de Gabriel, une *storki* égarée jusque dans les Vosges pendant la guerre… Conseillée par Moshe, son frère, Sarah s'était tue. Je ne puis croire que le malheur qui a suivi soit la conséquence de la faute. Ma mère aurait dit que tout péché se paie, et au prix fort. Ma foi est autre. J'eus envie d'en parler avec Juliette. Mais comment ? Je remis à plus tard ces confidences de vieillard. La sagesse voulait que ce voyage ne fût pas gâché. Juliette désirait tellement ces instants.

Elle voulut entrer dans l'église Saint-Martin de Colmar.

– Tu deviens bigote ? taquinai-je.

– Qui sait ? lança-t-elle mystérieuse.

Juliette voulait revoir la *Vierge au buisson de roses*, le magnifique tableau de Martin Schongauer.

– Vois-tu cette maternité ? La Vierge regarde sur le côté, et toutes les questions sur le devenir de son petit se lisent déjà sur son visage. Qui sera-t-il ? Que fera-t-il ? Cette mère, elle sait qu'un jour l'enfant s'en ira. C'est la loi. La fera-t-il pleurer ? Et maintenant, Auguste, pose tes yeux sur l'enfant déjà presque détaché de sa mère. Il n'hésite pas, lui, à embrasser le vaste monde. Il est confiant, souriant. Il ne voit même pas l'inquiétude maternelle. Il a autre chose à faire.

Elle avait raison. L'enfant, comme dans l'Évangile lors de la disparition de Jésus que ses parents retrouvent au temple face aux docteurs de la loi, ce bel enfant de la peinture de Martin Schongauer est déjà *aux affaires de son père*, c'est-à-dire aux affaires du monde.

J'ai déposé un baiser dans les cheveux de Juliette. J'aimais ce sens de l'observation chez elle.

*

* *

Quand on se trouve à Colmar, on se rend forcément à Kaysersberg, l'un des hauts lieux d'Alsace. Kaysersberg est un village médiéval. C'est aussi le village natal du docteur Schweitzer. Au bras de Juliette, j'avais le cœur serré en traversant le petit pont non loin de la maison du Moulin où pendaient encore des géraniums odorants. Il y a bien longtemps, j'étais passé par là en serrant Sarah contre moi, tandis que Moshe nous précédait en faisant ses commentaires sur les lieux qu'il connaissait parfaitement. N'étais-je pas une pauvre carcasse d'homme périssable, déjà sur le déclin, et qui jouait au vieux beau, s'étourdissait au bras d'une jeunette ?

La honte me venait. Honte d'oser prétendre encore au bonheur, de l'arracher en quelque sorte, de le voler puisque je ne le méritais pas. J'avais fait le malheur de Sarah, et par ricochet celui de certains de nos enfants. Gabriel, plus que les autres, avait souffert au Domaine de Rochefontaine. Le manque d'amour est une blessure, un outrage. Pourquoi avais-je laissé ma mère tout régenter ? Pourquoi n'avais-je pas vu la souffrance de Sarah ? Comment avais-je pu être ainsi aveuglé et préférer la fuite ? Et Gabriel, ce pauvre enfant humilié, martyrisé par son frère… Comment pouvais-je oser prétendre à la douceur d'aimer aujourd'hui avec de tels souvenirs ? Quel gâchis !

Jamais je n'avais autant ressenti le vide de ma vie. Qu'avais-je fait de bien pour ceux que j'aurais dû aimer plus que tout ? Je ne voulais pas le Mal. Mais j'avais manqué d'attention et de vigilance en ne protégeant pas le plus faible, en ne devenant pas un homme digne de ce nom. Ce ne fut pas délibéré. Rien qu'un peu d'égoïsme. Le besoin d'une paix à tout prix. Avais-je conscience, à cette époque, que la passivité voire l'indifférence, la lâcheté, sont autant d'atteintes et de crimes à la dignité humaine que des lames de couteaux bien affûtées ? On se trouve toujours de bonnes raisons, des excuses. Je voulais dire ces choses à Juliette. Je ne la méritais pas. Me devina-t-elle, elle qui m'entraîna vers une *Winstube* non loin du Moulin ?

– Viens… Nous avons à parler.

D'autorité, elle commanda deux parts de tarte aux myrtilles et une demi-bouteille de gewurztraminer de deux ans d'âge.

– Maintenant, tu me racontes, tu ouvres ton cœur et tu vides ta tête. Il se peut que le temps qui nous reste à vivre soit très court… et il ne faut pas le perdre. Chaque minute est précieuse dans l'histoire du bonheur. Et si le temps que nous avons à passer ensemble doit être très long encore, il est préférable de le préparer. Auguste, tu as un passé, à ton âge il ne peut en être autrement. Ce passé est ce qu'il est, mais il t'appartient, il est ton passé. Il n'est pas de mon ressort de te juger en fonction de ce passé. Qui suis-je donc pour me poser en censeur ? Je n'ai aucun droit sur toi, sauf celui de préférence, si tu es d'accord, admit-elle l'air amusé.

Puis elle poursuivit plus grave :

– Tu t'es construit comme tu as pu. Moi aussi. Personne n'est parfait. Mais l'homme d'aujourd'hui, et qui me plaît, est riche de sa vie. Tout a un sens dans nos vies parfois misérables. Maintenant, tu choisis : tu peux te confier à moi ou te taire. Mais je voudrais que le temps que nous avons à passer ensemble soit le nôtre, et non un temps habité de fantômes et de regrets.

J'ai pris ses mains dans les miennes et les ai portées à mes lèvres. D'où lui venaient cette intuition et cette tranquille assurance ? Elle avait mille fois raison. Je pensais trop, me mettais à l'écart de nous et du bonheur.

– De quoi te punis-tu, Auguste ? Buvons à nous, enterrons nos papillons noirs !

J'ai commencé à dire certaines choses. Le poids des douleurs, les regrets. La haine entre deux de mes fils ; leur mort ; Gilles, pour échapper à la honte de ses actes ; Gabriel, par accident. Son bateau pris dans un tourbillon un jour de gros orage dans les lointaines Caraïbes.

– C'était il y a longtemps, tu n'y peux plus rien. Aujourd'hui, as-tu envie d'être heureux, rien qu'un peu ? supplia-t-elle. Puis-je t'aider dans cette voie ?

Je ne désirais que cela, être heureux. Mais pour moi, il eût été impensable de ne pas mériter ce bonheur. Je voulais être digne de Juliette. Elle devait savoir qu'elle n'avait pas choisi le meilleur des hommes. J'avais traversé bien des tempêtes sans être l'homme fort capable de garder le navire à flot.

– Eh bien, Auguste, tu te trompes : le bonheur ne se mérite pas forcément. Il vient. Et quand on sait le vivre, c'est tout simplement contagieux, il produit encore plus de bonheur. La dignité dont tu parles tant, c'est l'injure faite au bonheur quand on se détourne de lui.

Merveilleuse Juliette ! Elle était à la fois le soleil et la lune, l'or et l'argent. Je n'ai rien oublié de l'émotion de cet instant. J'étais libéré. Grâce à Juliette.

Notre voyage pouvait se poursuivre.

CHAPITRE 13

Nous fîmes une belle excursion en compagnie de Liselotte qui avait envie de revoir des lieux autrefois parcourus en compagnie de Juliette.

– Ton Édouard est un chic type, admit Juliette. Il t'a donné ta journée, mais il aurait pu nous accompagner…

– Si la vendange est presque achevée, le gros du travail reste à faire. Et puis, tu sais, Édouard n'est guère sentimental. Les Trois-Épis ou le col de la Schlucht ne l'émeuvent pas plus que le ballon d'Alsace où nous n'irons pas, car il est pris dans le brouillard. J'aurais vraiment aimé vous y conduire… Ce sera pour une autre fois.

Juliette devint pensive en songeant au ballon d'Alsace.

– Il faudra te contenter des Trois-Épis, ce qui n'est pas mal du tout.

– Je crois me souvenir qu'il y a une délicieuse auberge non loin de l'église.

– C'est juste, nous y déjeunerons. Cela te consolera, ma chère Juliette, de rater les Hautes-Chaumes du ballon. J'espère que nous trouverons encore des brimbelles au col de la Schlucht.

– Des brimbelles ?

– Tu n'as quand même pas oublié nos fabuleuses cueillettes de myrtilles ?

– Ah non ! J'ai seulement oublié qu'on disait des brimbelles, soupira Juliette. Trouve-t-on encore des étoiles-d'argent sur les hauts sommets vosgiens ?

– Oui, mais elles sont de plus en plus rares. Les touristes les ont trop cueillies. Cueilli n'est d'ailleurs pas le terme approprié. Ces merveilleuses fleurs, qu'au Tyrol on appelle edelweiss, ont été le plus souvent arrachées... Un vrai massacre.

Les arbres disparaissaient des vallons à mesure que nous approchions des Trois-Épis. Mais la petite Clio de Liselotte grimpait courageusement jusqu'au lieu de pèlerinage. C'était un jour brumeux, parfois traversé par le soleil. Le massif vosgien se couvrait de fauve rousseur.

– L'air est vif, murmura Liselotte, mais l'hiver ne sera pas forcément froid. La montagne n'a pas l'air d'attendre la neige.

– On voit mal la vallée avec toute cette brume, regretta Juliette, en risquant son regard plus bas, entre les hêtres et les sapins.

– Mais on entend les vaches sur le versant sud, écoute bien. Les paysans ne sont pas pressés de les remettre à l'étable. Ils savent que l'hiver est encore loin.

J'ai vu Juliette fermer les yeux, respirer à plein poumons, puiser en elle des souvenirs de jeunesse. Mais elle n'a rien dit. L'air vif rosissait ses joues. La lumière mordorée de l'automne lui allait bien.

Au col de la Schlucht, après le repas de midi, nous

nous sommes volontairement égarés dans les sous-bois. Les brimbelles étaient rares, mais elles n'en étaient que plus délicieuses. Nous sommes revenus à Ammerschwihr heureux et éblouis, tout simplement.

Le lendemain matin, Liselotte nous déposait à la gare de Colmar. Nous allions nous rendre à Altkirch, une petite ville de six mille habitants, sept mille peut-être. Altkirch pourrait s'enorgueillir d'un magnifique hôtel de ville datant du XVIIIe siècle, mais il n'en est rien, la charmante cité s'offre dans toute la douceur de vivre d'une région d'Alsace proche de la Suisse et gonflée de vallons verdoyants. Nous devions faire une dernière halte chez Clara, une amie de Juliette, artiste elle aussi pendant des années au sein des Galas Karsenty. Leur répertoire s'était parfois rencontré, croisé. Elles échangeaient leurs souvenirs, se donnaient des nouvelles d'autres artistes, musiciens ou comédiens. Depuis son mariage avec un musicien de l'orchestre de Bâle, Clara avait cessé toute activité théâtrale, sans regret, affirmait-elle. Elle avait eu envie de plonger dans les joies de la famille et s'était mise à écrire des livres pour enfants en attendant les siens.

– Un grand plaisir, mais une rude discipline, car les enfants sont très exigeants et on n'a pas le droit de les décevoir.

Juliette appréciait les lieux, le calme d'une région qui célèbre la main de l'homme dans les arts. Nous avons marché dans les rues de la petite ville connue pour sa ferronnerie et ses textiles. Clara nous a suggéré de visiter à Mulhouse le musée du Textile qui s'était agrandi depuis peu. Ensuite, il serait temps de retrouver Rochefontaine, la Résidence, l'aquarium de Raymond dont nous savions maintenant presque tous les secrets au point de réussir à isoler les femelles guppy avant la ponte quand leur ventre se gonfle et se colore de noir. Fragiles, les alevins guppy sont souvent la proie d'autres poissons.

C'est au musée du Textile que j'eus la peur de ma vie lorsque Juliette fut prise de malaise. Elle prétexta le manque d'air des lieux, que moi, tout à la joie d'être à ses côtés, je n'avais pas remarqué. Mon Dieu, qu'elle était pâle et fatiguée ! Nous consultâmes un médecin sur place, mais Juliette me refusa l'entrée du cabinet. Je dus patienter dans la salle d'attente.

Quand elle ressortit du cabinet, elle se forçait à sourire. Que cachait-elle ? Le visage du médecin était grave, soucieux, même. S'il ne l'avait pas été, il m'aurait rassuré immédiatement.

– Il faudra faire quelques petits examens à votre retour. En attendant, j'ai prescrit quelques médicaments de confort permettant à Madame de se remettre. Elle est fatiguée. Ne rentrez pas trop vite.

– Merci, docteur. Je vais bien maintenant, Auguste, allons-y !

Juliette ne voulait pas s'attarder. Vers où courait-elle, contre quoi se battait-elle ? De temps à autre, elle s'arrêtait et s'appuyait sur mon bras. Souffrait-elle ? Pourquoi se taisait-elle ? Elle ne voulait pas m'affoler. Je surprenais une grande inquiétude dans son regard quand elle ne se savait pas observée. J'eusse aimé la serrer davantage dans mes bras.

La bercer peut-être.

Nous avons repris le train à Mulhouse jusqu'à

Altkirch. Mise au courant de l'incident survenu à Juliette, Clara proposa de nous héberger plus longtemps afin de permettre à son amie de retrouver ses forces. Mais Juliette refusa. Elle était certaine d'aller bien, tout à fait bien.

– Et puis, dit-elle en riant, les enfants d'Auguste vont finir par s'inquiéter de son absence. Je ne veux pas être la cause d'une brouille dans la famille.

*
* *

Renée était contrariée. Ces quelques jours de vacances impromptues l'avaient privée, disait-elle, de la présence de son père pour son anniversaire. J'avais complètement oublié. Je la taquinai en lui disant que j'essaierais d'y songer la prochaine fois, mais qu'elle devrait mettre un couvert de plus.

– Mais enfin, papa, Juliette et vous n'êtes pas mariés ! Il n'est donc pas question de l'inviter aux fêtes de famille.

Je haussai le ton et réaffirmai mes positions. J'acceptais toutes les invitations, mais avec Juliette. Dans le cas contraire, je resterais à la Résidence. Ma fille n'apprécia pas ma réponse et laissa éclater sa colère :

– Quand je pense que vous... vous tutoyez cette femme, qui n'est rien pour nous.

– J'ai de l'estime et de l'attachement pour elle. C'est mon droit. Il s'agit de ma vie.

– À votre âge, avoir une maîtresse !

– Tu exagères un peu. Si j'épousais Juliette, tu t'arrangerais pour liguer la famille contre moi, par crainte de perdre les quelques miettes d'héritage qui restent encore à partager et dont tu n'as pas été privée puisque tu es souveraine à Rochefontaine. De toute façon, Juliette ne tient pas à un mariage. Moi, j'avoue y avoir songé… Je suis d'un autre âge, je le sais.

– Père, je suis si triste pour maman.

Renée invoquait sa mère pour me culpabiliser. Elle avait l'art de retourner le couteau dans les chairs. Je fermai les yeux, soupirai et me tournai vers le parc. Le vent jouait dans le feuillage où l'automne avait déposé l'or et le rouge sur toutes branches.

– Fille perfide, qui veut me plonger dans d'éternels remords, c'est cela ? Tu te crois donc obligée de succéder à Génie, ma mère, en te posant en gardienne de la vertu ? À propos de vertu, je vais te confier quelque chose : la vertu, cultivée à l'excès, est mortellement ennuyeuse.

– Mon Dieu ! Je préfère m'en aller, père. Vous voulez donc faire mourir maman deux fois !

Elle partit en claquant la porte. Les murs tremblèrent et le crucifix au-dessus de mon lit s'agita. Plus Renée vieillissait, plus elle me faisait penser à Génie. L'argent, les valeurs, le qu'en dira-t-on. Petit, tout cela. Vraiment petit ! Mouche s'amusait quand je lui racontais les colères de Renée. Elle décida de nous inviter, Juliette et moi, le dimanche suivant à Charmes. Elle viendrait nous chercher tous les deux, dit-elle. Paul nous rejoindrait depuis Thorey et nous passerions une bonne journée.

– Juliette est fatiguée en ce moment.

– Qu'à cela ne tienne, je vous préparerai une

chambre, un doux nid d'amour, il y a de la place et vous repartirez le lendemain.

N'y avait-il pas un peu de bravade dans l'invitation de Mouche ? Ce fut pourtant ainsi que se déroulèrent les événements. Juliette était si enchantée que toute trace de fatigue semblait s'être évanouie. À mon bras, Juliette fit le tour de Charmes. Nous sommes allés jusqu'au Parc et dans le lavoir d'autrefois superbement conservé. Elle s'y reposa quelques instants adossée à la pierre polie.

– Je vais devoir m'absenter, glissa-t-elle à mon oreille. C'est obligé. Mais je reviendrai. De toute façon, il faut reprendre le spectacle avant Noël, nous sommes demandés un peu partout.

– Tu vas encore t'épuiser, Juliette, ce n'est vraiment pas raisonnable.

– Tant que je sais que je te retrouve, tout va bien, *mon* Auguste. Tu es au courant de tout. Alessandro revient demain, tu me remplaceras, tu l'aideras... Tu veux bien, n'est-ce pas ?

Juliette savait demander et moi, je ne pouvais rien lui refuser. Quatre jours plus tard, elle était de retour. Magnifique dans un tailleur de lainage gris et rouge dont la jupe assez longue et près du corps caressait son mollet. Un joli rouge qui jetait un peu de lumière sur ses pommettes hautes. Le premier instant de nos retrouvailles provoqua de ma part un accès de mauvaise humeur imprévisible que j'eus beaucoup de mal à calmer, surtout quand je surpris Mlle Agathe en train de susurrer à Marcelline et Simone, les jumelles :

– La théâtreuse est de retour ! Auguste va encore découcher. Il a dû avoir le temps long sans elle. Vous savez où elle se rend ainsi régulièrement ? Pour moi, elle a des aventures ailleurs. Avec ces gens-là, il faut s'attendre à tout. Auguste est bien niais.

J'aurais dû remettre en place cette vipère, l'envoyer au diable… N'empêche, j'avais le cœur gonflé de tristesse. Où Juliette allait-elle donc ainsi toujours, et sans moi ? Qui rencontrait-elle ? Ah, les artistes et leur inconstance !

Que tu es sot, mon pauvre Auguste, me dis-je, de réagir ainsi ! On ne se refait pas. J'étais malheureux tout simplement. Je me suis approché d'elle, avec le désir de dire ce que je pensais. Je l'ai d'abord observée tandis qu'elle saluait tout le monde. Belle, évidemment.

Belle, oui ! Juliette l'était vraiment. Elle était joliment maquillée, un peu trop peut-être. Et c'est ce trop qui m'alerta. Trop arrangée. Trop mystérieuse. Trop… Que cachait-elle ? Elle dut s'asseoir. Et le soupir qu'elle retint, la fugitive grimace qu'elle s'efforçait d'enrober tout aussitôt d'un sourire, à mesure que son visage perdait sa lumière, me renseigna. Comme en Alsace, comme en d'autres endroits, Juliette souffrait. Le savant maquillage, les très jolis vêtements servaient à dissimuler cette douleur. Je devais ignorer cette fatigue qui la ravissait chaque jour davantage. Il fallait respecter le désir de Juliette et son silence. Pendant son absence, j'avais posé quelques questions à Alessandro. Il était resté évasif et pas du tout convaincant dans les réponses données.

Et si Juliette était gravement malade ? Cette pensée me traversa l'esprit, je revoyais le visage sombre du médecin en Alsace. Et puis le rire de Juliette fusa.

Je me sentis soulagé, rassuré. Encore des idées, des craintes imbéciles dues à ma peur de la perdre ou d'être supplanté.

Et si Juliette ne m'aimait plus ? Cette pensée me fut intolérable. Peut-on donc être encore bêtement jaloux alors qu'on a déjà un pied dans la tombe ?

*

* *

Mes jambes s'ankylosent. Mon dos me fait souffrir. Depuis combien de temps suis-je penché sur mon cahier ? Il pleut sans discontinuer depuis ce matin, et je n'ai pas été très courageux. Je n'ai pas mis le bout du nez dehors. Je suis resté à écrire, écrire, écrire.

Noël est tout proche. la Résidence a dressé un immense sapin dans le hall. Dès que le système lumineux qui le décore est branché, des notes de musique s'en s'échappent comme si l'on avait remonté la mécanique d'une boîte à musique. On reconnaît *Mon beau sapin* et *Douce nuit*. Nous sommes bercés, en attente de Noël.

Stéphanie, qui travaille avec Nathalie, est venue m'apporter le courrier ce matin. Elle est charmante cette jeune fille, délicate. Elle demande toujours aux uns et aux autres comme va leur santé. Dans le courrier tendu, il y avait une carte de Mouche.

Le retour aura bien lieu comme prévu. Nous serons avec vous pour les fêtes de Nouvel An. Passez un bon Noël et à très bientôt. Nous vous embrassons affectueusement.

Mouche et Paul

– Vous êtes content, la famille sera réunie pour les fêtes ?

Nathalie a dû lui dire que j'attendais Mouche, ma belle-fille, Mouche, que j'aime comme une fille. Paul, mon fils aîné, le célèbre botaniste, sera avec elle. Tout le monde connaît Paul dans la région, mais également à Paris et dans toute l'Europe. Ses travaux font autorité, et j'en suis très fier. Ce long périple de deux ans fera très certainement l'objet d'un livre. Il va s'enfermer dans sa maison de Thorey pendant quelques mois et travailler d'arrache-pied, et puis on le verra dans les magazines et à la télévision. Ce qui me tracasse, ce sont ses relations avec Mouche. Vont-ils se décider à s'épouser ? Mon vieux cœur en serait transformé. Je vois bien que Paul a toujours le regard attendri dès que Mouche est dans son champ de vision. Toute cette bonté, toute cette tendresse cachées dans le regard de velours sombre de sa mère… On lui voit presque les étoiles de Sarah jusqu'au bord des cils. Mouche aurait bien droit à un peu de bonheur. La mémoire de Gabriel ne serait en rien offensée. Je crois au contraire que ce serait une sorte de réparation à accomplir. Enfin, sur ce chapitre, le vieil homme que je suis ne peut que se contenter d'observer silencieusement une situation qui ne regarde que Mouche et Paul.

J'ai fait quelques pas dans le parc. J'avais emporté du pain pour les canards. À peine étais-je assis sur le banc près du vieux chêne qu'ils sont arrivés claquant du bec, se dandinant avec impatience. Ils attendaient de me voir plonger la main dans le sac de toile de jute qu'ils semblent reconnaître. La nichée de la fin de printemps est à taille adulte. Le plumage est superbe. Ceux-là sont encore très reconnaissants des attentions que j'ai eues pour eux.

– Allez, mes chers petits, venez donc chercher quelques extra…

Juliette leur donnait des noms. Riri et Fifi pour le vieux couple. Loulou et Sissi pour le couple de l'année. Depuis qu'elle n'est plus là, je perpétue la tradition. Je continue de nourrir les canards. J'essaie de les reconnaître et de les nommer. Quand ils me voient arriver, ils s'approchent du bord et cancanent joyeusement. J'aimerais que Paul voie tout cela quand il reviendra. Il sera sans doute fort surpris et intéressé.

Je songe à Juliette, et dans le même temps j'ai l'esprit qui vagabonde entre la Résidence et le Domaine modernisé, transformé en ferme d'équitation où se presse une jeunesse désireuse d'apprendre à monter à cheval. Mais la ferme est également ouverte aux adultes. C'est souvent une clientèle plutôt aisée, parfois un peu snob, qui vient louer des chevaux pour un après-midi ou une randonnée de deux jours. Le lieu est connu dans toute la région. Ladislas et Renée se donnent beaucoup de peine. Ils ont travaillé dur, je le reconnais. Un point noir, cependant, dans leur belle réussite : ils n'ont pas eu d'enfants. Ladislas a souvent exprimé le désir d'en adopter. Renée était plus réticente. Plus jeunes, tous deux s'occupaient d'enfants qui y venaient en week-end, ou pendant les vacances. Le Domaine résonnait de leurs cris. Renée donnait ainsi un sens à sa vie. Coralie, la petite-nièce de Germaine, si longtemps attachée à notre famille, l'aidait dans sa tâche. La plupart de ces enfants ont dû trouver un vrai rayon de soleil de temps à autre, car ils reviennent saluer Renée et Ladislas ou s'offrent un séjour avec leurs propres enfants. Avec les années, la ferme a davantage accueilli de jeunes adolescents en difficulté. Elle est, pendant l'été, un centre de vacances. Actuellement, Magali semble installée pour longtemps à Rochefontaine. Les services sociaux ont insisté auprès de Renée pour que le séjour de quelques mois se prolonge, car depuis que Magali vit là, elle paraît se stabiliser, aller mieux. C'est une jeune fille attachante, mais imprévisible. Il paraît qu'elle a beaucoup souffert dans une famille d'accueil quand elle était très petite fille.

Je passe d'un sujet à un autre. Ce que j'écris devient fouillis, voire confus. Il est temps de poser mon stylo. Et si j'allais discuter avec Raymond ? Il y a bien trois jours que je ne l'ai vu. « Un peu grippé, a dit Nathalie. Il prend ses repas dans sa chambre et ne descend que pour s'assurer que les poissons ne manquent de rien. »

Chapitre 14

Raymond n'aurait jamais dû nous faire ça. Partir, cinq jours avant Noël. Les poissons de l'aquarium sont maintenant orphelins. Saurais-je m'occuper d'eux aussi bien que lui ? Au premier coup d'œil, il reconnaissait les poissons malades, les isolait pour leur permettre de se refaire une santé dans le petit aquarium. Il connaissait bien les espèces, les plantes d'aquarium.

Mon vieux cœur est bouleversé par la mort de cet ami de toujours. Je n'ai pas de souvenir sans Raymond. Nous sommes nés, lui et moi, à Rochefontaine et nos pères étaient amis. La musique nous avait réunis au sein des Intrépides. À l'école, nous faisions les mêmes bêtises et grimpions sur la clôture qui séparait les cours de récréation pour taquiner les filles de l'autre côté. L'année de la communion solennelle, nous les guettions à la sortie de la petite messe en semaine pour leur tirer les nattes. Nous courions sur le chemin de l'école pour les devancer, et, au bas des escaliers de la rue du Moulin, nous attendions les quilles... Raymond les coursait avec une fougue zélée, jusqu'au jour où il me souffla à l'oreille :

– La Jeannette, tu la protèges, et tu lui donnes ça…

Ça, c'était une lettre d'amour. De ce jour, j'ai joué les messagers de Cupidon. Raymond épousa d'ailleurs sa Jeannette.

Raymond a-t-il voulu me témoigner son amitié jusqu'au bout ? C'est en lui rendant visite que j'ai constaté qu'il n'allait pas bien du tout. Il parlait difficilement, manquait d'air. Il parvint cependant à me dire :

– Tu arrives à temps, Auguste. Je me sens un peu patraque. Je crois bien que le père Bon Dieu est en train de me préparer la place, c'est moi qui vais te précéder là-haut.

J'ai encore essayé de plaisanter en lui disant de ne pas installer d'aquarium au paradis.

– Là-haut ? Il n'y a pas d'eau. Le grand saint Pierre a eu le temps d'y songer. Tu imagines, il y aurait bien eu quelques bonnes âmes qui s'en seraient servies pour éteindre les flammes de l'enfer et empêcher un ami, une amante d'aller y griller ! Non, là-haut, il n'y a que de la musique. Peut-être que saint Pierre recrute pour le chœur des anges. M'est avis, Auguste, qu'on va retrouver quelques copains des Intrépides. J'astiquerai mon trombone à coulisse en t'attendant.

Et puis, Raymond s'est arrêté pour reprendre son souffle. Je l'ai vu tour à tour avec le visage congestionné, puis blanc comme un linge. J'ai appuyé sur la sonnette, puis sur l'alarme. Je voulais crier dans le couloir.

– Ne t'agite pas. Je préfère mourir ici que dans une ambulance.

Quand le médecin est arrivé, il a essayé de faire des

massages cardiaques, puis de brancher Raymond à un respirateur. Mais c'était déjà fini. Raymond est mort simplement, comme il l'avait désiré. Désormais, je suis seul, terriblement seul. Beaucoup me quittent, Rose et Momo il y a peu, et maintenant Raymond... Quant à Juliette, ma belle Hanna ou Vilja comme je l'appelle certains soirs en me souvenant de cette *Veuve joyeuse* qu'elle a permis à tous de revisiter, elle a laissé un grand vide en mon cœur.

Six ans déjà ! Une pesante et trop longue absence à laquelle je n'ai pu m'habituer. Est-ce qu'on s'habitue à l'absence de ceux que l'on aime ? On cherche leur présence dans tous les actes de la vie, dans toute chose touchée, regardée, dans le souffle des brins d'herbe que nos pas foulaient.

Les soirs, quand le vent gémit et agite les persiennes, je crois entendre le rire de Juliette. Elle est là. Au petit matin, dès que le jour est levé, je me campe devant la fenêtre d'où j'aperçois le petit lac où viennent barboter Riri, Fifi, Loulou, Sissi et les autres, je fredonne tendrement cette mélodie. Je suis le chasseur éperdu d'amour qui implore la fée :

Vilja, o Vilja, was tust du mir an ?
Bang fleht ein liebkranker Mann !
(Vilja, ô Vilja quel sort m'as-tu jeté ?
Un homme malade d'amour implore timidement !)

Le seul homme avec qui j'ai réellement pu échanger à propos de Juliette aura été Raymond, mon vieux copain de toujours. Raymond n'a jamais eu de mot dur à mon égard. Il me mettait en garde :

– Ce sera difficile de faire avaler ton histoire à tes enfants. Renée ne te le pardonnera pas... Et puis, ici, les langues vont tourner. Mais je ne me fais pas de souci pour toi, tu sauras répondre ou te taire s'il le faut. Méfie-toi du personnel. Nathalie mise à part, si ton histoire tournait court, tu ne pourrais plus regarder personne que tu serais catalogué de *don Juan aux petits pieds*. On ne t'épargnera aucune méchanceté. Un jour, on aura perdu ton linge, oublié de changer ton lit. Tu seras moqué, mon pauvre Auguste.

Et comme j'étais sceptique, il reprenait :

– Ma parole, tu as oublié l'histoire de Gustave, il y a trois ans ! Quand Henriette a cassé leur histoire, las de subir mille et une vexations, Gustave a fini par quitter la Résidence pour aller s'installer à Eulmont où sa réputation de coureur l'avait déjà précédé.

Raymond ne voulait pas me décourager. Il voulait m'éviter de la peine, disait-il. Mais il reconnaissait les qualités exceptionnelles de Juliette, m'enviait un peu :

– Tu es un sacré veinard, Auguste !

Il me rapportait aussi les ragots des uns et des autres à la Résidence. « Auguste a un régime de faveur, avec l'argent on achète tout. »

Je haussais les épaules. On pouvait dire ce qu'on voulait. Renée, ma fille, prenait, elle, un certain plaisir à colporter les paroles de personnes bien pensantes, choquées par mon attitude : « Auguste ferait mieux de se remarier. Pour un homme d'Église... Quel exemple ! » Renée ne manquait jamais une occasion de me rappeler à l'ordre. Ma conduite laissait à désirer. Elle parlait de l'honneur de la famille... Je finissais par rire et me souvenais d'une chanson de Georges Brassens, « La non-demande en mariage ».

J'ai l'honneur de ne pas te demander ta main,
Ne gravons pas nos noms au bas d'un parchemin !

Était-ce donc si grave de se rencontrer sans l'accord du maire et du curé ? Nous n'offensions personne. Sauf l'orgueil de ma fille, qui de toute façon ne voulait pas de ce mariage. Je n'ai jamais commenté les remarques de ma fille. J'ai laissé dire. En d'autres temps, je lui eusse répondu vertement. De quel droit intervenait-elle dans la vie et les décisions des vieux parents ? Même à quatre-vingt-dix ans, je suis loin d'être gâteux. J'ai toute ma tête et suis encore capable de savoir ce qui est bon pour ma vie ou celle d'autrui.

*
* *

Je me relis et je m'aperçois que je n'ai pas tout dit de Juliette. Dirai-je un jour tout ? Depuis la dernière série de représentations de notre *Veuve joyeuse,* j'étais préoccupé par l'état de ma belle amante. Elle avait perdu connaissance alors que le rideau tombait sur le final du spectacle. Le médecin de garde avait ordonné son transfert à l'hôpital. J'avais tenu à l'accompagner. Je ne voulais pas la quitter. Mme Demange, sa nièce, la directrice de la Résidence avait fait preuve d'humanité en cette occasion.

– Je voulais justement vous proposer de rester auprès de ma tante. Venez, je vous emmène, nous allons suivre l'ambulance jusqu'au CHU de Nancy, dans le service où Juliette est soignée depuis presque deux ans.

– Deux ans ! Mais il y a tout juste une année que nous nous connaissons !

– Elle ne vous a rien dit de sa maladie ?

– Non. Elle élude le sujet chaque fois qu'il se présente. C'est la reine des pirouettes.

– C'est une comédienne. Cependant, Juliette est malade.

– Je m'en doute depuis notre dernier voyage. C'est à ce moment-là que j'ai compris pourquoi elle disparaissait régulièrement.

– Elle ne vous a jamais fait la moindre confidence ?

– Non. J'ai essayé. Elle a souvent hésité, mais rien n'est venu jusqu'à moi.

– Pourtant, elle a une immense affection pour vous. Vous le savez bien !

Je n'osais rien affirmer. Notre tendresse, le sentiment qui nous unissait ne regardaient que nous.

– Juliette, dis-je, est secrète. Elle invoque toujours d'excellentes raisons. Quand elle doit s'absenter, c'est pour régler des affaires de famille, pour visiter quelqu'un. Les excuses ne manquent pas. Et quand elle a du mal à marcher, c'est qu'elle est tombée, souffre d'une entorse ou de tendinite. L'essentiel, pour elle, est de me retrouver. Mais il m'est arrivé d'être agacé. J'ai même été jusqu'à penser qu'elle avait un amant… Et puis le voyage en Alsace m'a ouvert les yeux. Quand on vit vingt-quatre heures sur vingt-quatre avec quelqu'un, on voit mieux les choses. Mais nous ne pouvions pas discuter de ce sujet. Elle ne voulait pas. J'ai respecté son vœu, j'ai joué le jeu.

– Elle n'aime pas qu'on s'apitoie sur son sort. Elle dit qu'elle souffre plus si on parle de sa maladie.

– C'est grave ?

– C'est sérieux. La maladie dont elle souffre occupe le terrain depuis longtemps. Juliette a cependant décidé de l'ignorer jusqu'à l'année dernière parce qu'elle ne pouvait plus faire autrement.

– Elle ne va pas mourir ?

– Personne ne peut savoir. Le professeur Galvin essaie de stabiliser la progression de son mal, mais il reste réservé. Juliette a trop attendu.

Quand je suis entré dans la chambre d'hôpital, le médecin était au chevet de Juliette. Et j'ai ressenti un coup violent au cœur en découvrant *ma* Juliette perfusée et sous oxygène.

– Ainsi, voilà Auguste, dont parle toujours Juliette !

– C'est le meilleur des hommes, docteur, murmura-t-elle dans un souffle. Enfin, après vous qui me soignez et allez me remettre sur pieds.

Il fallait que Juliette fît son numéro de charme. Comment lui en vouloir ? J'avais bien trop de chagrin pour cela.

– Tu sais, Auguste, c'est juste une petite fatigue, je vais rentrer très vite et nous allons monter un autre spectacle. Je peux toujours compter sur toi ?

– Mais bien sûr, et aussi sur Alessandro.

– Chic, car j'aimerais bien que l'on s'attaque au *Pays du sourire.*

J'avais pris ses mains dans les miennes. Elles étaient chaudes, brûlantes de fièvre, comme ses yeux. J'embrassai le bout de ses doigts, me penchai vers son visage et posai ma joue contre la sienne. Puis j'écartai les cheveux de son front où perlait la sueur. Elle s'était endormie. Le médecin me fit signe. Je le suivis dans le couloir.

– Je lui ai administré un puissant sédatif pour qu'elle se repose et que la fièvre baisse un peu. Le bon point pour elle, c'est vous. Elle ne parle que de vous, vous qu'elle veut sauver de ses vieux démons. Vous, qu'elle aime profondément. Elle peste contre sa maladie.

– Que peut-on pour elle ?

– Veiller à son confort. Bientôt, elle ne pourra plus se lever. Elle le sait. Ses os ne pourront plus la porter. Il faudra trouver un lieu pour elle.

– Elle ne voudra pas. Je suis encore valide, je peux m'occuper d'elle.

– Je n'en doute pas. Mais elle vit comme vous dans une résidence pour personnes âgées.

– Moi, oui. Elle, non. Elle habite un appartement à part. Il suffit que sa nièce donne son accord. On peut trouver une infirmière pour les soins spécifiques, et moi, je resterai avec elle. Je...

J'aurais dit n'importe quoi pour garder Juliette, pour lui être agréable. Je savais qu'elle ne supporterait pas l'idée de mourir à l'hôpital.

– Elle n'en est pas encore là. Mais son état peut se dégrader très vite. Elle va rester ici quelques jours et nous verrons comment organiser sa sortie.

Avant de repartir, je suis repassé par la chambre de

Juliette, déposer un petit baiser sur son front. Elle dormait, apaisée, sans rien voir du panorama sur Nancy que la situation de sa chambre au dixième étage offrait au regard. En cherchant bien au-delà de la deuxième colline sur la gauche, on apercevait Rochefontaine et on dominait Lay-Saint-Christophe. Je suis sorti à reculons pour ne pas la quitter des yeux, et j'ai fermé doucement la porte de sa chambre.

L'ascenseur nous attendait au bout de l'immense couloir parfois encombré de chariots ou de lits roulants. J'avais l'âme broyée. Ma Juliette, gravement malade…

En sortant de l'ascenseur, j'ai demandé à Mme Demange de m'attendre.

– Je ne serai pas long.

Je me suis dirigé vers la fleuriste dans le grand hall de l'hôpital. Des orchidées pour Juliette… Je savais combien elle les aimait. Silencieusement, je l'ai confiée à Dieu, implorant un peu de clémence pour cette femme dont j'estimais que l'heure n'était pas encore venue. Soixante-six ans, c'est bien jeune… Et Sarah emportée bien plus tôt encore…

– Sarah, fais quelque chose pour elle, je ne sais pas quoi, mais fais quelque chose, suppliai-je.

Pourquoi fallait-il que les femmes aimées passent par les mêmes affres ? Un frisson me parcourut. Je ne portais pas malheur quand même ? Pourquoi Dieu s'obstinait-il à sévir ainsi ? Allons, Auguste, tu déraisonnes. Un Dieu amour ne peut se servir d'innocents pour punir nos mauvaises actions. Et pourtant, dans le monde, combien d'innocents périssent ? Quelle injustice, que ces morts inutiles ! On dira que ce malheur-là n'est pas l'œuvre de Dieu… Il m'arrive, sur ce sujet, d'échanger avec Mouche, qui se montre profondément indignée à chaque fois.

– Dieu n'est pas parfait… Voilà ce que je constate. Il est incapable de préserver les innocents. La mort, c'est l'échec ! Et parfois, je me demande si la venue de son fils, qui est passé par tant souffrance, a été bien utile… Car rien n'a changé. Le monde continue de charrier son cortège de blessures mortelles.

Quand Mouche tient ce genre de discours, je tente de lui expliquer que le responsable du Mal c'est l'homme à qui Dieu a donné sa liberté. Force est de constater que, face au visage émacié de Juliette, je ne comprenais pas, je ne comprenais plus. J'étais prêt à rallier la pensée de Mouche.

J'ai le souvenir très précis de ces instants qui remontent à six ans. Mes yeux allaient de la fenêtre au lit de Juliette et j'ai pensé : demain, quand j'ouvrirai le journal et lirai le récit des malheurs du monde : une agression ou la découverte d'un charnier en quelque point du monde, je serai fortement choqué. Il faut être touché dans son cœur pour percevoir la force de la douleur chez son prochain.

Je ne pourrai pas rester indifférent à la détresse. Pourquoi tant de cruauté chez l'Homme ? Ce qui me pose question, c'est le mouvement de la terre. Ce qu'on appelle les catastrophes naturelles et qui tuent des dizaines, des centaines, des milliers de personnes innocentes. Qui est responsable de ce Mal ? Pourquoi Dieu laisse-t-il faire ? Dieu n'est pas parfait. Et sa création non plus qui n'est pas finie. Qui donc es-tu,

Dieu ? Quelle place réelle donnes-tu à l'homme, l'enfant de ta création ?

Aujourd'hui, face à l'aquarium de Raymond, je vois les poissons prédateurs s'attaquer aux alevins d'autres espèces, ou même à des poissons adultes, je m'inquiète. Et quand des poissons dévorent leur progéniture, je suis révolté, scandalisé. Encore un loupé de la Création. Il paraît qu'en l'autre monde, nos yeux s'ouvriront. Nous comprendrons tout. Cela s'appelle la foi. J'aime quand Mouche tape du poing sur la table :

– Non et non. Croire n'implique pas de rester bêtement assis en attendant que les choses se passent.

Mouche dit qu'il faut être acteur de sa vie.

La seule chose que je puis faire, c'est d'être acteur de la mienne.

Être acteur de la mienne, en cette avant-veille de Noël, c'est enterrer mon vieux copain, veiller sur ses poissons et trouver une bonne âme qui voudra bien apprendre à s'occuper d'eux, car je ne suis plus très jeune. Quatre-vingt-dix ans ont déjà été écrits au bas du parchemin qui s'étire et s'étire encore. Je me demande ce qui me retient ici-bas. Revoir Mouche ! C'est cela, revoir Mouche et Paul, et savoir…

À force de penser… Je viens de décider de ne pas passer le réveillon de Noël au domaine de Rochefontaine, ni chez Hannah de Lay-Saint-Christophe. Je vais rester ici. La Chorale des Quatre Vents organise une jolie veillée de Noël qui sera suivie d'une messe célébrée à la chapelle et d'un partage de brioche et de chocolat comme autrefois. Ce sera suffisant et le rite de Noël sera respecté. Renée comprendra ma démarche. Elle viendra me chercher pour la journée de Noël. On me ramènera ici dès la fin du repas de midi.

Chapitre 15

On vient d'enterrer Raymond avec les honneurs dus aux anciens combattants, la musique des Intrépides, la sonnerie du corps des sapeurs-pompiers. L'église de Rochefontaine était trop petite pour contenir toute la communauté. J'ai bien prié pour lui, j'ai même chanté « Sur le seuil de sa maison, notre père t'attend… » Mais je dois avouer que, pendant la cérémonie, j'ai été bien distrait. C'est Raymond qu'on enterrait. J'avais de la peine pour lui. Et voici que ce chagrin faisait remonter du tréfonds de mon cœur des sanglots refoulés depuis la disparition de Juliette six ans auparavant.

*

* *

Juliette avait obtenu la permission de regagner son petit appartement à côté de la Résidence Azur, mais en fauteuil roulant pour ne pas se fatiguer. Le médecin m'avait prévenu : Juliette pouvait encore faire quelques pas chez elle, appuyée sur des béquilles, mais cet état n'allait pas durer longtemps. Bientôt, elle ne pourrait plus se passer du fauteuil roulant.

À partir de ce moment-là, je n'ai plus vécu que pour Juliette. J'ai agacé ma famille et mes amis. Il n'était pas question de gâcher le précieux temps qui nous était accordé en ce bas monde. Une infirmière venait pour les soins. Son repas lui était apporté. Moi, je dressais la table, rangeais son appartement, lui faisais la lecture, mettais des disques. Parfois, elle me demandait de chanter pour elle. Quand elle avait assez de force, elle joignait sa voix à la mienne. Je lui tenais la main et je l'embrassais après l'envolée des dernières notes. Les après-midi, elle se reposait, dormait. Avant de fermer les yeux, elle me disait :

– Pendant que je dors, va, Auguste, va voir Momo et Rose. N'oublie pas Violette, elle est intéressante, Violette, mais elle est si seule. Donne le bonjour à Raymond. À propos, raconte-moi comment vont les poissons de l'aquarium.

Elle se languissait du parc, des canards. Elle guettait le printemps avec une gourmandise qui me réjouissait.

– Dès qu'il fera meilleur, tu me conduiras n'est-ce pas jusqu'au petit lac et nous irons encore sur le banc près de notre chêne pour regarder les colverts.

Je ne voulais pas la quitter. Chaque instant comptait. Quand je croisais l'un ou l'autre dans les couloirs ou parfois dans la salle à manger, j'étais souvent taquiné.

– Tu te fais rare, Auguste. Juliette te prend tout ton temps. C'est le grand amour, vous deux.

Je parlais de moins en moins, sauf à Raymond ou à Momo. La reine Hortense rendait quelques visites à Juliette. Elle lui apportait des chocolats ou quelques fleurs. Elle comprit vraiment l'état de Juliette et s'en trouva si émue qu'elle l'expliqua autour d'elle. Les taquineries cessèrent. On m'épargna les mauvaises nouvelles. On me demanda seulement des nouvelles de Juliette. De cette époque, à part le visage de Juliette, je n'ai pas beaucoup de souvenirs. J'ai vécu préservé de tout.

Juliette avait le désir de guérir. Une farouche volonté qui transparaissait dans toute conversation dès qu'un mieux se dessinait. Quand une crise survenait, elle serrait les dents et pestait contre la maladie :

– Vilaine chienne, j'aurai le dernier mot.

Le jour de la Chandeleur, Juliette se sentit en forme.

– Je voudrais bien sortir, rencontrer les uns et les autres. Est-ce qu'Auguste accepterait d'être mon chauffeur ?

Je fis le geste de me découvrir et de m'incliner.

– Vos désirs sont des ordres, Madame. Le temps de me vêtir, de vous aider à vous couvrir, d'avancer la voiture pour aller jusqu'à la salle à manger où de délicieuses crêpes nous attendent avec une bolée de cidre, et je suis à vous. *Für immer, natürlich.*

– Boire du cidre ? Taratata, du vin blanc d'Ammerschwihr ! Appelle ma nièce, les bouteilles de Liselotte sont dans sa cave. J'en offre à tout le monde. Et puis, si le temps se maintient, tu me pousseras bien jusqu'au parc.

Ce jour-là fut une vraie fête. Juliette donna le change et annonça sa prochaine guérison. On allait monter *Le Pays du sourire.* Elle fut fort applaudie. Il me semble, en y songeant à présent, que celles et ceux qui la crurent devaient se compter sur les doigts d'une main. Juliette savait bien que personne n'était dupe. Mais elle avait besoin d'une scène. Il lui fallait créer l'illusion. Jouer, c'était donner du bonheur. Jouer encore, c'était prolonger la vie, faire la nique à la maladie comme à Dame-la-mort qui toutes deux campaient à proximité de la Résidence.

– Quand je ne serai plus là, tu devras continuer à vivre, lâcha-t-elle dès son retour alors que je l'aidais à s'installer dans son canapé.

– Juliette, tu dis n'importe quoi. Tu as soixante-six ans et moi quatre-vingt-quatre. Je partirai avant toi.

– Regarde-moi, Auguste, toi que j'aime tant. Regarde-moi bien. Je suis malade. Tu le sais comme moi maintenant. Même s'il est bon de s'étourdir, de continuer la comédie… Un jour, je ne serai plus à tes côtés. J'irai dormir dans les bras du Maître de toute chose. Allons, ne sois pas triste, embrasse-moi pendant que je suis bien. Aime-moi une fois encore, tu veux bien ? Ce sera peut-être la dernière. Parfois, je me dis en te regardant aller et venir : « Ah ! Que j'aime son allure, car le temps n'a pas de prise sur lui », que ce serait bien de mourir dans l'amour, tu ne crois pas ? Ça doit être la plus belle des morts ! On met un disque de Mozart ou de Schumann, ou encore de Schubert, oh oui ! Schubert, *La Jeune Fille et la Mort*, c'est sublime, et puis, on boit un vin d'Alsace, et tu me caresses doucement comme tu sais le faire. Si, si, j'aime tes doigts sur ma peau. Tu veux bien Auguste. J'ai grande envie de cela. Je ferme les yeux et je m'abandonne, ivre de plaisir. La barque m'emporte vers ces rivages qui font peur. Je ne sais pas où je vais échouer, mais ce pays est un pays de grande clarté où poussent des fleurs extraordinaires en des prairies à l'herbe rase au creux de montagnes couronnées de neige.

Juliette, elle était ainsi : elle demandait les choses avec un naturel désarmant. Je n'ai jamais connu de femmes qui disent leur désir avec autant de simplicité. On ne pouvait rien lui refuser. Mais de telles demandes sont de grands bouleversements dans la vie des êtres. Avec elle, auprès d'elle, j'aurai toujours eu l'impression de cueillir des baisers accrochés aux nuages. Je tendais la main et elle y déposait des perles de rosée. Tout était célébration pour Juliette et grâce à Juliette.

– Auguste, il y a quelque chose que j'aimerais encore, mais je sais que ce ne sera pas possible, je devrai fermer les yeux pour les imaginer dans ma tête.

– Je t'écoute.

– C'est de revoir les Alpes, et une dernière fois, cueillir un edelweiss.

Elle avait posé ses mains amaigries sur mes avant-bras. Une solution, il fallait trouver une solution pour lui offrir ce plaisir. En attendant mes yeux ne quittaient pas son visage. Je remis de l'ordre dans ses cheveux, caressai ses joues. Elle s'agrippa à mes mains pour les retenir et les embrasser avec gourmandise.

– Diras-tu, quand je serai en ce pays, nous nous sommes tant aimés ?

– Je dirai plus, Juliette : je t'aime toujours.

Le soleil passait alors sur son visage. Et je m'émerveillais d'être capable de donner encore du bonheur à quelqu'un. Moi, le vieux bonhomme, celui qui pendant des années avait retourné la terre sans avoir véritablement conscience de ses actes, percevais soudain les saveurs de la vie.

Je fis part de mes préoccupations à Alessandro venu visiter Juliette quelques jours plus tard. Juliette somnolait dans sa chaise longue et nous sommes sortis faire quelques pas.

– Auguste, il faut te ménager un peu, prendre du temps pour toi.

– Le temps pour moi, il est pour Juliette.

– Sa nièce m'a dit ton dévouement. Je t'admire. Quand l'infirmière n'est pas là, c'est toi qui fais tout. Sans ta présence, Juliette aurait été hospitalisée, car c'est une grande malade.

– Écoute, Alessandro, c'est encore Juliette qui me donne. C'est elle qui sait taper à la porte de mon cœur. Sans elle, je serais devenu un fruit sec, desséché. Une terre sur laquelle ruisselle l'eau sans y entrer. Elle m'a réconcilié avec la vie et l'amour. Alessandro, je cherche comment je pourrais lui montrer les Alpes une dernière fois.

– Le Tyrol, c'est loin. Mais j'ai une idée. Les Vosges…

– Oui, j'y ai aussi songé.

La même idée nous a précipités dans les bras l'un de l'autre, pour l'amour de Juliette.

*

* *

J'écris toujours pour dire la vie et l'amour, autant que pour défier le temps.

Nous voici au matin de Noël, après une jolie veillée

et une messe recueillie apaisée et apaisante. Renée doit me venir me chercher. Après le petit déjeuner, je suis passé par la salle à manger et j'ai jeté un œil sur l'aquarium où, pour l'instant, les poissons de Raymond ne semblent pas trop souffrir de son absence. Je les ai confiés à Jules, un beau jeune homme de soixante-seize ans, et je suis revenu m'asseoir à ma table, devant mon cahier grenat. Quand Renée arrivera, je le refermerai. Le mot fin approche. Il me reste à écrire la dernière épopée vécue avec Juliette…

Au matin du 25 décembre, je n'ai plus de temps à perdre. Mouche et Paul sont sur le point d'arriver en France. L'accueil de la Résidence vient de me téléphoner. Renée m'attend dans le hall. Je ne suis pas tout à fait prêt.

La famille est en partie réunie au Domaine. Quand Renée évoque la famille, elle parle des Vuillemot (la sienne) et des Wojkiewiczki, la famille polonaise de Ladislas, son mari.

*
* *

Le temps est vraiment étrange. On ne se croirait pas à Noël. J'ai relevé quatorze degrés sur le thermomètre extérieur tout à l'heure à huit heures. Il y a des nuages dans le ciel, et des bouts de ciel bleu. Dans le jardin de la Résidence, les violettes sont déjà très vigoureuses. Une extrême douceur sévit. Ce n'est pas bon pour la terre. La vermine va proliférer et manger toutes les semences de printemps.

On a sonné à ma porte. Un petit coup sec. Impatiente, Renée est montée. Le temps de décrocher mon manteau pour le principe et de saisir ma canne, ça fait plus sérieux, et j'y vais. Je ne dis pas : je retourne chez moi. Non. Car le Domaine, celui de Léonce, mon père, et de Génie, ma mère qui en avaient hérité de Philomène et Corentin, mes grands-parents nés avant 1870, a bien changé. À part la longue allée bordée de troènes taillés en cône pour arriver jusqu'à la maison d'habitation tellement rénovée et transformée qu'on la croit neuve, je ne reconnais plus rien. Les communs et anciens logements des saisonniers sont devenus des logements d'habitation tout confort depuis quelques années. L'immense verger qui courait de la lisière de la forêt à droite de la maison jusqu'à la cuisine d'été de Génie, ma mère, a donné naissance aux stalles des chevaux dans le haut du pré. Bien plus bas, un mini-golf avec une fontaine et un espace restauration pour la clientèle. Renée et Ladislas ont pensé à tout. Mais ils ont coupé le vieux cerisier. Le lieu où ma sœur Jeanne est morte enfant. Allons, cessons ces lamentations stériles.

C'est Noël! Suis-je tête en l'air, j'allais oublier d'emporter les cadeaux! Les cadeaux préparés avec amour. Stupéfaite, Renée écarquille les yeux quand j'ouvre mon armoire et soulève la couverture. J'ai tout prévu, y compris un immense sac pour transporter le tout.

– J'aurais dû louer un déguisement de Père Noël, dis-je en riant.

– Avec une hotte. On y pensera pour l'an prochain. Vous allez être heureux, papa. Mouche et Paul ont téléphoné ce matin. Leur avion venait de se poser à Roissy. Peut-être nous rejoindront-ils ce soir ou demain.

Je suis le plus heureux des hommes. Enfin presque, car l'absence de Juliette fait un grand trou côté cœur.

CHAPITRE 16

J'ai demandé à Renée de me reconduire à la Résidence avant le dessert. Je suis fatigué. Elle m'a proposé de dormir au Domaine cette nuit. Il y a de la place. Mais j'ai refusé. Je veux écrire encore avant l'arrivée de Mouche et Paul.

Renée et Ladislas ont fort bien organisé cette journée familiale. Ils ont donné congé hier au soir à tout le personnel travaillant au centre équestre. Seul Vincent est resté pour s'occuper des chevaux. Sans eux, dit-il, sa vie n'a plus de sens. Il est donc à notre table aujourd'hui, comme Magali qui fait presque partie de la famille. Renée a fait préparer le repas par un traiteur et les uns et les autres aident au service. Femmes et hommes se lèvent de table, débarrassent, servent et je trouve cela fort bien. C'est Noël pour tout le monde. Magali semble s'épanouir à en devenir presque jolie… Elle m'a sauté au cou en ouvrant son paquet et en trouvant un foulard ! Signé Hermès, s'il vous plaît.

– À moi aussi, vous faites un cadeau ? Comme c'est gentil !

J'ai eu droit à deux gros baisers.

– Vous êtes un super grand-père !

J'ai réussi à cacher une petite larme. Juliette m'a civilisé. Je sais maintenant faire plaisir. Mes petits-enfants sont là. Ceux de Mouche, comme ceux de Gilles. Si la mort de Sophie a bouleversé la famille, elle semble avoir resserré quelques liens. Il manque cependant Catherine, la femme de Gilles. Elle n'est jamais revenue au Domaine depuis la mort tragique de son époux il y a dix-neuf ans. Elle n'a jamais pardonné à Mouche sa terrible colère… Une colère justifiée…

La bonne nouvelle, c'est que je vais être deux fois arrière-grand-père. Thomas a présenté sa compagne à la famille. Une charmante Virginie, ingénieur agronome. C'est Génie qui serait contente. En attendant de s'occuper des choses de la terre, Virginie se prépare à être mère. Le mariage aura lieu à Pâques. Quant à Philippe, l'aîné des garçons de Mouche et Gabriel, il est venu avec Camille. Voilà un couple solide, engagé dans l'humanitaire. J'ai appris leur mariage dans la plus stricte intimité en septembre dernier. Philippe a expliqué les raisons de ce mariage un peu secret. La mort de Sophie leur pesait sur le cœur. Il était encore trop tôt pour songer à une grande fête.

– C'eût été indécent de festoyer aussi vite, a-t-il conclu.

Cependant, ils ne voulaient pas attendre le retour de Mouche pour officialiser leur union, car il était temps de songer aux bébés. Philippe et Camille désirent plusieurs enfants. J'ai cru comprendre qu'une promesse de vie allait arrondir le ventre de Camille sous peu. Elle a tendu une perche à Thomas, son cousin par alliance et futur papa :

– On pourrait organiser une fête à l'occasion de la naissance de nos enfants.

Si Thomas a été surpris, j'ai bien vu que l'idée ne déplaisait pas à Virginie, sa jeune femme, qui a répondu pour lui :

– Une idée super, Thomas ! Camille a raison. Il faut rassembler les familles.

– Oui, a repris Philippe, il est temps de tourner la page. Nos enfants devront se connaître et s'aimer.

Cette fois, je n'ai pas pu cacher mon émotion. J'ai dû sortir mon mouchoir pour éponger ces larmes. La vie reprend le dessus. Quand on dit que les vieux retombent en enfance... Je suis facilement ému. Je pleure de tristesse, mais aussi de joie. De joie surtout. J'ai aussitôt songé à Sarah, sans doute heureuse du cours des événements dans nos familles. Mais comment oublier Juliette ? Là où elles sont, « mes deux femmes » veillent sur les vivants que nous sommes.

Mon Dieu que cet après-midi de Noël est doux ! Sommes-nous à Noël ou à Pâques ? Les pommiers d'amour dans les massifs du Domaine sont en fleur. Les noisetiers portent déjà des chatons, j'ai vu cela en arrivant ce matin. « Ça va se payer tout ça, aurait dit ma mère. Le temps a perdu la tête et a oublié de regarder au nord comme à l'est. »

La famille devise autour de la table, moi je me suis assis dans le salon. Il n'a pas changé de place et Renée en a conservé les merveilleux fauteuils que Sarah avait restaurés au début de notre mariage. Elle a réussi à retrouver le même tissu pour leur redonner un petit air de jeunesse. Je sens l'émotion me saisir et m'irriguer. Le salon s'ouvre sur la terrasse près du champ du

Lapin. De cet endroit, on voit la forêt et, un peu au-dessus, le «banc des amoureux» qui fascinait tant Sarah. Combien d'heures a-t-elle passées à contempler la forêt? C'est en lisant ses carnets bleus que j'ai compris ses vaines attentes. Quel idiot je fus! Le grand coupable n'est évidemment pas Sarah, mais moi. Ma pauvre Sarah, aimée, oui, mais si mal. C'est bien cela. Sarah la mal-aimée, Sarah l'oubliée! Ne pas aimer, mal aimer, c'est un crime. Et c'est mon crime! Quand j'en ai parlé avec Juliette, elle a compris, mais elle s'est fâchée.

«C'est trop facile de battre éternellement sa coulpe. Ce qui est plus difficile, c'est de réparer et de vivre, Auguste. Continuer à vivre.»

*
*   *

Cette étrange douceur tombée sur la fête de Noël me fait songer à la dernière promenade de Juliette un jour de printemps en 1994. Juliette se sentait mieux après un traitement de quelques jours au CHU de Brabois. Nous passions nos après-midi près du petit lac dans le parc. Je prenais soin de couvrir ses jambes. Le samedi après-midi, le 19 mars, ça je m'en souviens très bien, Juliette et moi étions en train d'évoquer l'été prochain quand Alessandro nous a rejoints.

– Mes amis, je viens d'acheter une nouvelle voiture, et j'ai envie de vous emmener en promenade tous les deux.

Juliette ouvrait de grands yeux.

– Moi, je sais, je sais..., avais-je glissé l'air mystérieux.

– Chut, ordonna Alessandro. Nous embarquons demain matin, destination surprise pour Juliette. Mme Demange, la directrice, est d'accord, nous reviendrons demain soir. Selon la météo que j'ai appelée, ce sera une très belle journée. Les spécialistes garantissent le beau temps. Froid, mais beau. Rien qu'un petit vent d'est pas méchant, seulement actif pour chasser brumes et nuages.

*
* *

Le jour se levait lorsque nous sommes partis. La journée s'annonçait riche de promesses. Et la langue me démangeait de révéler le somptueux programme soigneusement élaboré par Alessandro et moi-même. Le ciel, derrière la colline, rosissait doucement. Les oiseaux s'en donnaient à cœur joie pour appeler le jour. Dans le parc, un véritable concert avait lieu.

Juliette va être heureuse, avais-je pensé en me préparant. Je n'irai sans doute pas à la messe, mais cette journée lui sera une telle joie que le bon Dieu me pardonnera. J'imaginais le bonheur de Juliette. Nous en parlions depuis des semaines avec Alessandro. Quand Juliette allait moins bien, nous craignions tous deux de ne pas réussir à mener à bien ce projet.

Cette nuit-là, avant notre escapade, je n'ai pas dormi chez Juliette. Sa nièce avait voulu que je me repose en prévision de cette grande journée. Elle m'avait remplacé auprès d'elle en l'absence de l'infirmière. Je m'étais réveillé très tôt pour courir jusque chez Juliette.

Alessandro était déjà arrivé, beau comme un dieu dans un superbe pull blanc qui faisait ressortir sa masse de cheveux sombres bouclés. Quelle chance il avait ! Il devait approcher cinquante-cinq ans et n'avait pratiquement pas de cheveux blancs. Juste quelques fils d'argent piqués par-ci, par-là. Je l'avais taquiné.

– Alessandro va faire une conquête.

– Pas une, mais des conquêtes, des tas de conquêtes, cher Auguste ! L'amour n'a pas d'âge. Tu le sais bien.

Nous étions prêts pour l'expédition. Et quelle expédition ! Alessandro, fort comme un jeune homme, a porté Juliette dans ses bras pour l'installer à l'avant de sa belle Mercedes blanche.

– Le siège peut s'incliner jusqu'à faire couchette, tu vas être une reine, ma jolie.

Dans le coffre, nous avions mis le fauteuil roulant, des couvertures, des médicaments et emporté tous les numéros de téléphone de l'hôpital au cas où... Après mille recommandations, le docteur Galvin avait donné son accord pour cette sortie.

– Mais où allons-nous ? gémissait Juliette.

– En un lieu ravissant et plus beau que tous les paradis, avait répondu Alessandro.

Le jour était presque levé quand nous sommes passés au pied de la colline de Sion.

– Nous n'allons pas chez Mouche, quand même ?

– Ah non ! Mais nous aurions pu. Au retour, nous verrons s'il nous reste un peu de temps, avait lancé Alessandro.

Juliette s'était assoupie. Quand elle se réveilla, nous étions déjà à Épinal. Avec la route à quatre voies reliant Nancy à la capitale vosgienne, les distances sont abolies. Où est-il le temps où nous partions avec le car des Intrépides jouer au bord du lac de Gérardmer le jour du concours des sociétés lorraines de musique ? Le voyage durait trois heures au moins. Le car roulait à cinquante kilomètres à l'heure, pas plus, tant les routes étaient étroites, tourmentées et cabossées.

– Mes amis, lança soudain Alessandro, je propose un arrêt petit-déjeuner au Relais des chasseurs entre Épinal et Éloyes, puis nous irons jusqu'à...

– Gérardmer, s'écria Juliette, à l'Hôtel du Lac, tu te souviens Auguste de notre fugue amoureuse ?

Si je me souvenais... Je la taquinai :

– Nous n'allons pas raconter notre vie à Alessandro.

– Je lui ai déjà dit.

– Tu as tout dit ?

– Oui. Enfin non, pas nos secrets.

– Ah ! ai-je dit en plaisantant, je respire.

Mais Juliette ne se doutait pas encore de la destination de notre escapade. Il faisait beau, vraiment beau. Alessandro sifflait en conduisant. Il avait saisi une cassette pour la glisser dans un petit magnéto.

– Et maintenant, on chante.

Nous avons chanté *La Veuve joyeuse*, des *lieder* de Schubert, mais aussi Verdi et un merveilleux chant pour célébrer le printemps, un chant qui dit que les ruisseaux descendent des montagnes et que les alouettes chantent et entraînent tout un chacun à siffler avec elles de tout cœur.

À quel Dieu faire part de tant de vœux ?

Wem Gott wil rechte Gunst erweisen,
den schickt er in die weite Welt,
dem will er seine Wund erweisen,
in Berg und Wald und Strom und Feld.

Die Bächlein von den Bergen springen,
Die Lerchen schwirren hoch vor Lust,
Was sollt ich nicht mit ihnen singen,
Aus voller Kehl und frischer Brust ?

Quand les paroles nous échappaient, nous y allions de nos tralalalala… Plus rien ne pouvait faire obstacle à cette joie qui chauffait nos âmes. La maladie, la vieillesse n'existaient plus. Alessandro avait raison, on cueillait un petit bout de paradis. Lui, sifflait à tue-tête.

Les Vosges étaient belles, souveraines, gonflées de vie au bout des branches, prêtes à exploser. Nous avons vu les brumes se lever sur le lac pour s'en aller envelopper les sapins frissonnants. Par-dessus les cimes, le ciel bleu caressait le blanc des dernières neiges de l'hiver qui n'avaient pas fondu. Sur les Hautes-Chaumes, j'étais certain que les perce-neige piquetaient le sol entre les névés. Et que d'autres plantes surgissaient puisque le temps était doux.

La Mercedes avait repris la route après deux arrêts. Nous avions commencé l'ascension du col de Bussang.

– On mangera là-haut, lança Alessandro, le restaurant panoramique vient de rouvrir. Nous sommes attendus pour le déjeuner.

Alessandro roulait très lentement pour permettre à nos yeux d'admirer le paysage. Qui dira l'extraordinaire sensation pour le promeneur ou l'artiste quand il contemple cette forêt vosgienne plantée de sapins et de hêtres ? Une sensation enivrante et mystérieuse rien qu'en suivant, sous la poussée de la lumière au fil des heures, les changements de couleurs sur les vallons. Du bleu-gris acier de la fin de la nuit, on passe au violet, puis au mauve pâle avant d'atteindre un rose pastel au bord de l'évanouissement. Mais les cimes restent longtemps embrumées, encore perdues dans le manteau du ciel. En ce jour, on percevait l'obstination du soleil. Il aurait raison de cette brume laiteuse et fumante. Parfois, au détour d'un virage, la brume n'était plus, les arbres s'effaçaient et nos yeux plongeaient sur la vallée de Munster. À flanc de coteau, les maisons vosgiennes s'éveillaient. Au loin, des cloches faisaient vibrer les clochers. Et leur son nous parvenait. C'était dimanche, le jour de Dieu.

Alessandro ne se gara pas au parking, mais vint ranger la Mercedes devant la porte d'entrée du restaurant.

– Alessandro, tout est vide. Le restaurant n'est pas ouvert, murmura Juliette, déjà déçue.

– Je sais ce que je fais, belle Juliette. Veux-tu que l'on te repoudre un peu sur le haut des pommettes, que l'on te recoiffe, mette le rouge sur tes jolies lèvres ?

– Ah, bien évidemment !

Alessandro et moi avons agi comme des maquilleuses, coiffeuses, caméristes. Nous n'avons pas oublié le petit pschitt de Calèche de chez Hermès, le parfum que porte Juliette depuis vingt ans.

– Je me sens mieux, plaisanta Juliette. Sans parfum, je suis toute nue.

Alessandro descendit de voiture et fit la grimace. Le froid piquait, mordait. Nous étions à 731 mètres d'altitude. Tout à l'heure, il ferait plus froid encore. Il sortit le fauteuil, les couvertures, et installa Juliette. J'avais déjà jeté sur elle le plus gros plaid. Il ne fallait pas qu'elle prît froid. Nous n'avons pas eu à pousser Juliette longtemps. La porte du restaurant s'ouvrit, et les lumières s'allumèrent presque toutes en même temps au fond de la grande salle tandis que s'élevait un chant. Je me penchai pour voir la réaction de Juliette qui entendait :

Im Liebesbann!
Mi Velimo dase dase Veslimo! Heihao!
Mi Velimo dase dase Veslimo! Heihao!
Lasst uns jauchzen und lasst uns singen!
Lasst uns tanzen und lasst uns springen!
Lasst uns jauchzen und lasst uns singen!
Lasst uns tanzen und lasst uns springen! Hei!
Mi Velimo dase Veslimo! Hei!
(Sous l'emprise de l'amour!
(Mi velimo dase dase Veslimo! Heiaho!
Mi velimo dase dase Veslimo! Heiaho!
Réjouissons-nous et chantons! Hé!
Dansons et sautons! Hé!

Réjouissons-nous et chantons ! Hé !
Dansons et sautons ! Hé !
Mi velimo dense ! !)

Émue, Juliette eut du mal à retenir ses larmes. La Chorale des Quatre Vents nous avait rejoints en ce lieu symbolique qui n'était cependant pas la destination finale de cette journée.

Nous allions déjeuner là, simplement. Nous irions jusqu'à la source de la Moselle et naturellement jusqu'au Théâtre du Peuple où Juliette avait joué. Et puis… Mais elle ne le savait pas… Il y aurait les Hautes-Chaumes.

– Je n'ai pas le souvenir d'avoir mangé de pommes de terre au lard enrobées de munster et accompagnées de pinot d'Alsace depuis… C'est vraiment succulent, déclara Juliette.

Je n'arrivais pas à avaler, occupé que j'étais à suivre les réactions de Juliette, à guetter les signes de contentement. Comme je le faisais dans son petit appartement, je préparais ses bouchées et l'aidais à les porter jusqu'à ses lèvres. Les mouvements de Juliette étaient devenus lents, imprécis, maladroits même. J'espérais que la maladie lui laisserait suffisamment de répit en cette journée. Je redoutais de la voir souffrir. Il fallait qu'elle pût profiter pleinement de ce beau jour préparé en secret depuis une bonne quinzaine de jours par les uns et les autres. Le bonheur serait-il un rempart au mal ? Alessandro et moi nous regardions par instant pour nous conforter l'un l'autre. Jusque-là, tout allait bien. Le bonheur avait bel et bien conquis le terrain. Même le temps semblait aboli. Alessandro passa derrière moi et glissa à mon oreille :

– Je viens de téléphoner là-haut, le ciel est limpide, le temps est très clair, on y voit. Il ne faudra pas tarder pour s'y rendre, après 15 heures la clarté va baisser et la montagne passer par les couleurs que tu connais mieux que moi.

Nous repartîmes suivis par une partie de la Chorale des Quatre Vents. Nous savions que nous allions revenir à Bussang, au Théâtre du Peuple. La Mercedes avait pris la tête du cortège. L'ascension se poursuivait. Mais soudain, Juliette reconnut les lieux.

– Nous n'allons quand même pas au ballon d'Alsace ?

– Si, pour le dessert.

Parvenu à la ferme auberge, Alessandro jaillit de la voiture, mit son manteau.

– Ne bougez pas, je dois vérifier quelque chose.

Le vent soufflait et griffait son visage. Alessandro courait entre les plaques de neige. Il revint, essoufflé mais satisfait :

– On peut y aller, Auguste.

Il vérifia mes pieds :

– Tu es bien chaussé, c'est parfait.

Il avait levé son pouce droit en l'air. J'avais compris le message et je me réjouissais. Était-ce l'altitude ? Juliette était euphorique. Nous l'avions vêtue très chaudement, gants, écharpe, toque de fourrure sur la tête. Rien ne manquait pour la préserver des morsures du froid. Les uns et les autres poussaient le fauteuil. Parfois, il fallait le porter quand de trop grosses pierres obstruaient le sentier menant au plus haut point du ballon. Là-haut, il y avait une plate-forme, une sorte de belvédère où les regards pouvaient se tourner et contempler le versant lorrain, le versant alsacien et deviner, plus au sud-est, la Franche-Comté. Les statues de Jeanne d'Arc et de la Vierge semblaient converser par-dessus le givre qui les recouvrait et les faisait briller dans le soleil. Quand nous fûmes parvenus au lieu prévu, Alessandro prit la parole :

– Juliette, tu fermes les yeux, on tourne le fauteuil. Nous allons compter jusqu'à dix. Après tu pourras regarder. Tu ne triches pas surtout.

Derrière nous, les choristes avaient pris place en demi-cercle pour entamer une tyrolienne, *Die Tiroler sind lustig.*

– Et maintenant, regarde, suis mon index, tu vois l'horizon ?

– Les Alpes, les Alpes ! Mon Dieu ! Je croyais ne jamais les revoir. Merci à tous ! Quel bonheur !

Elle écoutait le chant sans quitter du regard l'impressionnante chaîne alpine qui, pour s'imposer à nous, avait fait s'écarter le ciel à force de le mordre. J'observais le visage de Juliette. Une véritable transfiguration s'opérait. Mon Dieu, ai-je songé, donnez-lui encore du temps, quelques mois, pour qu'Alessandro et moi puissions la conduire à Hall, au Tyrol. La chorale chantait pour elle. Après la tyrolienne, ce fut un chant de Noël autrichien, souvent repris en Alsace et que Sarah avait fredonné aux enfants.

Kling Glöckchen !
(Cloches sonnez !)

– Je crois bien avoir chanté cela enfant, à Hall, dit-elle.

– Et tu n'as pas tout vu encore.

Alessandro la saisit dans ses bras pour l'emporter entre deux névés. Ah, l'étrange procession ! Juliette dans les bras d'Alessandro et moi qui suivais derrière eux une couverture dans les bras tandis que les chanteurs fermaient la marche en chantant.

– Ferme encore les yeux, Juliette, nous sommes presque arrivés.

Au lieu dit, j'ai déplié la couverture en partie sur le sol. Alessandro y a déposé Juliette.

– Ouvre les yeux, regarde par terre.

– *Mein Gott* ! Deux edelweiss ! Une pour Auguste et une pour moi...

Sa main se tendit et s'arrêta au-dessus du duvet de ces fleurs magnifiques, devenues trop rares de nos jours et qui ne poussent qu'à plus de mille mètres.

– Non, dit-elle, en se ravisant, j'ai vu un reportage à la télévision. Ces fleurs sont en voie de disparition. Il ne faut pas les cueillir. Elles doivent vivre, croître pour dire notre histoire. Merci encore, mes amis.

À la ferme-auberge, Liselotte, sa cousine nous attendait ainsi que Clara, son amie d'Altkirch. Une tarte aux pommes flambées avait été préparée. Sur cette tarte, deux chiffres et deux bougies. Juliette s'exclama, joua les étonnées, mais elle savait très bien que cette sortie correspondait à son anniversaire. Née le 21 mars 1927, Juliette était à la veille de ses soixante-sept ans. Alors elle souffla ses bougies et but une coupe de champagne.

Déjà la montagne passait au rose. C'était le printemps, certes, mais en montagne, le printemps colle encore à l'hiver. Nous avons repris la route menant à Bussang. Juliette se disait heureuse de revoir le Théâtre du Peuple fondé il y a plus d'un siècle et où elle avait joué dans les années cinquante.

– Une pièce de Molière, *Le Bourgeois gentilhomme*. J'étais la soubrette.

Construit en bois des Vosges, fait de troncs d'arbres, de rondins, d'écorces, ce lieu unique a toujours fière allure. La scène s'ouvre sur un rideau de verdure, et il n'est rien de plus beau que d'y entendre Tolstoï, Shakespeare, ou Molière. On y vient de partout, à chaque saison théâtrale pendant les étés. Et on continuera d'y revenir tant le lieu semble baigné de grâce. Au Théâtre du Peuple, une réception organisée par les amis de la troupe dont fit partie Juliette était prévue. Alessandro avait pensé à tout. Le maire de Bussang vint saluer l'actrice, la chanteuse et la résistante. Il leva son verre en son honneur. Je ne savais pas encore tout de Juliette. Je ne l'en aimais que davantage.

Pour revenir, pendant quelques kilomètres, nous avons suivi le cours de la Moselle un peu au-dessous de Bussang où elle prend sa source. Cette rivière, d'abord un mince filet, devient un ruisseau cascadeur qui va gonflant ses eaux à travers les Vosges pour accueillir la Meurthe non loin de Rochefontaine. À Liverdun, la Moselle fait la belle et s'étale avec une certaine majesté. À deux reprises, Alessandro s'arrêta, ouvrit les portières de la voiture pour faire entendre le chant frais et joyeux de l'eau sur les rochers.

– Écoute, Juliette, maintenant la rivière va s'endormir entre les herbes.

Juliette fermait les yeux de contentement. Puis elle demanda à s'allonger. Je pus ainsi la contempler, puisque sa tête se trouvait à la hauteur de mes genoux. Je me penchai vers elle et embrassai son front.

– Doucement, Auguste, je te surveille, plaisantait Alessandro.

Mon cœur se serra alors que nous traversions Nancy. N'était-ce pas l'une des dernières promenades de Juliette ? Je me forçai à chasser ces idées noires. Le beau temps s'annonçait. Pâques approchait à grands pas.

CHAPITRE 17

Ai-je dormi ? La conversation est joyeuse en cet après-midi de Noël alors que je suis toujours installé dans l'un des fauteuils restaurés par Sarah il y a si longtemps. Je continue de songer à Juliette. À notre escapade vosgienne. Je ne veux rien oublier car je veux toujours écrire. Je suis pressé de le faire car je sais le retour de Mouche imminent. J'ai besoin qu'elle lise Auguste, non pour l'absoudre, mais pour combler ces années où nous ne nous sommes pas vus. Elle m'a manqué.

Renée a croisé mon regard et lu ma demande. Elle acquiesce d'un signe de tête et va me reconduire. Tout est clair à présent dans ma tête.

*

* *

Voilà, je suis chez moi à la Résidence assis face à la baie vitrée. Déjà le soir tombe.

Quand j'ai quitté le Domaine, tout le monde m'a embrassé et promis une visite à la Résidence puisque la nouvelle année est toute proche.

Nous approchons du troisième millénaire et ça me fait tout drôle d'y songer.

Me voici penché sur mon cahier grenat pour écrire encore la vie, pour dire l'amour et repousser la mort. Je l'ai repoussée au fil des pages, j'ai voulu faire place à la joie. Après avoir chassé toutes les ombres, vient forcément le moment où il est impossible d'aller plus loin.

Comment dire cet instant où l'on tient les mains chaudes dans les siennes, les mains aimées encore frémissantes de vie, de vie et d'angoisse mêlées ? Comment dire l'espace d'une fraction de seconde quand les vibrations désertent cette peau chaude ? Les mains sont inertes, le souffle s'en est allé. Les mains ne seront plus caresse, ne se tendront plus vers les edelweiss, ne montreront plus ces paysages aimés. J'ai ressenti ce froid qui vient couvrir de l'ultime voile les corps inertes. Dehors, le printemps éclatait, alors que mon dernier soleil s'éteignait. Un frisson immense m'a saisi au matin du mardi saint.

*

* *

Après notre pèlerinage alsacien, Juliette et moi avons vécu une semaine hors du temps. Je ne l'ai plus quittée. Comme l'aide-soignante était en congé, Mme Demange vint me trouver, très embarrassée. Il n'y avait pas de remplaçante pour s'occuper de sa tante, disait-elle, cependant l'hôpital pouvait accueillir Juliette. Or, Juliette n'avait pas du tout envie de quitter son petit logement.

– Laisse-moi avec Auguste, avait-elle supplié.

Bien évidemment, j'avais rassuré la nièce de Juliette.

– Je peux rester avec elle, de jour comme de nuit. Vous le savez. Nous sommes assez intimes tous les deux. Vous viendrez m'aider si vous le pouvez.

– Je savais pouvoir compter sur vous. Merci, Auguste ! Je vais vous préparer un lit à côté d'elle.

Juliette, ma Juliette. Une semaine pour nous deux, rien qu'à nous deux. Là où tu es, tu t'en souviens peut-être. Nos lits, l'un à côté de l'autre. Nos mains se rejoignaient et ne se quittaient plus. Je guettais tes respirations, ton sommeil, ton éveil. Je préparais ton petit déjeuner. Avec Colette – j'ai su que ta nièce s'appelait Colette –, nous faisions ta toilette, te coiffions, te parfumions. Le soleil venait caresser ton dessus-de-lit de dentelle. Le médecin ne voulait plus que tu quittes la chambre. Tes os étaient trop fragiles. C'est lui qui venait poser les perfusions matin et soir. Je surveillais le débit de chacune comme il me l'avait appris. Tu restais souriante, mais je voyais bien que le mal gagnait et te grignotait peu à peu.

Je n'oublierai jamais ce samedi à la veille de la fête des Rameaux. Tu m'avais demandé de te lire l'Évangile. Alors que tu es juive ! Aux Rameaux, on lit la passion du Christ. Tu as simplement dit dans un immense soupir :

– La Passion, je crois que j'y suis.

C'était la première fois que je te voyais lasse depuis que je te savais souffrante. Je me suis penché vers toi en te demandant de me regarder, de me sourire. Je t'ai dit que je n'aimais que toi, que tu restais la plus belle, que j'aurais aimé te rencontrer plus jeune, car tu aurais évincé toutes les femmes (pardon, ma chère Sarah).

Puis tu m'as envoyé à la messe du soir en me demandant de ne pas oublier de rapporter une branche de buis bénit. Colette, ta nièce, allait rester avec toi. Vous aviez à vous parler toutes les deux. Ce que je comprenais.

Le médecin était à ton chevet quand je suis revenu près de toi après la cérémonie religieuse. En l'espace de deux heures, tu avais terriblement changé. Il avait fallu augmenter les doses de morphine pour endormir la souffrance. Tu m'as reconnu, j'ai vu tes paupières se soulever, tu esquissais un sourire, le sommeil t'emportait et tes mains étaient sagement posées sur le drap brodé de fleurs aux teintes pastel. Tu respirais difficilement et de manière saccadée. J'ai embrassé tes mains, ton front. J'ai baisé doucement tes lèvres. Je ne voulais pas que tu souffrisses. Je me suis assis près de toi, ta main droite s'agitait, se tendait vers le mur. Que voulais-tu me dire ? Que désirais-tu ? J'ai eu une inspiration soudain. De la musique, c'est cela, tu souhaitais entendre de la musique ?

– Veux-tu que je te mette un disque ?

Tu reposais ta main sur ta poitrine, vers ton cœur, comme pour dire : oui. Je me suis levé. Dans ta discothèque parfaitement rangée, une pochette était à demi tirée du rayon. Il s'agissait d'un enregistrement ancien de *Lieder* de Schumann et d'extraits d'opérettes. On reconnaissait évidemment Élisabeth Schwarzkopf. Mon attention fut attirée. La pochette de disque portait une annotation que je ne déchiffrai pas, mais je vis, souligné au feutre rouge, *mit Myriam Zellermann*. Je lus attentivement le dos de la pochette de disques. Myriam Zellermann, parfaitement inconnue, chantait avec la grande Schwarzkopf à deux reprises. Nous allions donc écouter cette Myriam Zellermann qui semblait avoir tant d'importance pour toi, ma Juliette.

J'ai pris le disque et l'ai posé sur la platine. Et les voix se sont élevées, mêlées. Et je t'ai reconnue. Tu avais donc chanté et enregistré avec la grande Schwarzkopf. Ça te ressemblait bien de te cacher ainsi.

– Mais c'est superbe, extraordinaire, Juliette !

J'ai vu ton visage s'éclairer en m'entendant. Puis, tu as levé ton pouce droit avant de poser ta main sur ton cœur. Ce fut la seule fois, c'est cela ? Le seul enregistrement, tu aurais aimé en faire d'autres ? Je t'ai rassurée. Cela ne changeait rien à ton talent. Je me suis assis à côté de ton lit à hauteur de visage pour te parler encore de toi, de nous, et te dire combien tu étais précieuse à mon âme, à mon cœur. Je ne te remercierais jamais assez pour cette année merveilleuse que nous étions en train de vivre.

– Comment as-tu pu t'intéresser au vieux bonhomme que je suis et avoir eu envie de le civiliser ?

Puis, tu as sombré dans un sommeil dont on ne revient pas, un sommeil artificiel provoqué par la morphine. Je ne voulais plus te quitter.

Colette est entrée dans la soirée et m'a dit qu'elle serait là tout le dimanche, que je devais me reposer un peu, ensuite Maria, l'aide-soignante, prendrait le relais.

Le médecin est revenu, et pendant qu'il était près de toi, Colette m'a entraîné à la cuisine pour me parler. Elle s'inquiétait. Est-ce que cette situation n'était pas trop douloureuse pour moi ? De toute façon, cet état ne s'éterniserait pas. Le voyage s'achevait. Je le savais, mais j'ai eu envie de pleurer comme un gamin. Je me suis assis la tête dans les mains. Je resterais près de toi, ma chère Juliette. Sarah m'aiderait. Sarah que je n'avais pas veillée – je conduisais Renée à l'autel le jour de son mariage – serait notre ange. J'avais le cœur déchiré.

Jusqu'au matin du mardi saint, je n'ai pratiquement pas dormi. Des assoupissements, c'est tout. Colette, Maria m'ont entouré avec délicatesse et gentillesse. La nuit de lundi à mardi fut douloureuse pour toi. Il semblait que ton corps était parvenu au moment ultime de son combat pour demeurer. Ta part secrète rôdait, perdue dans ce corps devenu étranger à ta personne. Contre quoi, pour qui, pour quoi te battais-tu encore ? Que voulais-tu me montrer ? J'étais bien persuadé que tu me devinais à tes côtés. Je le sentais en tenant tes mains dans les miennes. Je te parlais doucement, te rassurais, te remerciais de tout ce bonheur donné. Je te demandais pardon d'avoir parfois douté de toi.

L'arrachement à la terre était douloureux. J'épongeai ton front à plusieurs reprises. Avec un mouchoir imbibé d'eau j'humectai tes lèvres sèches marquées par trop d'efforts. Je remis de l'ordre dans tes cheveux. Les perfusions s'écoulaient lentement dans ce corps que j'avais étreint. L'avais-je bien étreint ? En avais-tu été heureuse ?

Oui, j'avais aimé ton corps, blanc et laiteux, doux sous mes doigts, mais j'avais surtout découvert, rencontré un être, une âme, une belle âme. Et voici que ce corps se défaisait, s'ébruitait dans le tremblement d'une nuit. Que restait-il de ton rire, de tes exclamations, de tes jolies lèvres peintes ? Tes os fragilisés devenaient saillants sous une enveloppe de peau de plus en plus fine. Juliette, ma Juliette, tu me quittais un peu plus à chaque heure. Restait encore ce souffle…

Je priais à tes côtés. J'implorais Dieu :

Des profondeurs je crie vers toi, Yahvé :
Seigneur écoute mon appel,
Que ton oreille se fasse attentive
à l'appel de ma prière ! (Psaume 130)

Tu m'avais tant donné. J'aurais voulu en ces instants souffrir à ta place. Mais Dieu ne m'entendait pas. Pourquoi était-ce toi qui étais dans cet état à soixante-sept ans, tandis que moi, le vieux bonhomme de maintenant quatre-vingt-cinq ans, je restais impuissant devant tant de détresse ? Il y avait quelque chose d'injuste dans cette situation. Je me penchai encore vers toi. Nous n'arrivions plus à communiquer. Tout au plus, il me semblait sentir une pression de tes doigts sur mes mains. J'essayai de chanter pour toi :

Lippen schweigen
's flüstern Geigen :
hab mich lieb !
All die Schritte

sagen : Bitte,
Hab mich lieb!
(Les lèvres se taisent
les violons murmurent :
aime-moi !
Ah, et ces pas
qui disent : je t'en prie,
aime-moi !)

Tu ne me répondais pas :

Jeder Druck der Hände
deutlich mir's beschrieb
(Chaque pression de la main
me le montre clairement)

J'ai poursuivi les larmes dans les yeux :

Er sagt klar, 's ist wahr, 's ist wahr
Ich hab' dich lieb !
(Et tout me dit nettement, c'est vrai,
c'est vrai , je t'aime donc !)

Tu m'avais révélé à moi-même. Je pouvais m'accepter. Ton bonheur avait été contagieux et tu me quittais. J'avais appris à donner comme à recevoir. Je n'avais plus honte de mon vieux corps. Une enveloppe ridée n'est qu'une apparence. C'est au-delà du manteau qu'il faut pouvoir regarder et respirer les êtres à nu. Tu m'avais respiré, aimé. Ton amour m'avait transformé et tu m'avais presque rendu beau. Et maintenant, tu t'en allais, Juliette.

L'aube se levait, tu respirais difficilement. Colette allait arriver. Je sentais encore tes mains tressaillir dans les miennes, puis le tressaillement se fit imperceptible et soudain tes jolies mains devinrent inertes, mains transparentes, de porcelaine. J'ai posé ma tête sur ton cœur. Il battait encore.

Le choc fut terrible pour moi. Ton corps se souleva brusquement. Un sanglot l'agita. Il paraît que ce n'est qu'un réflexe. C'est le souffle qui s'arrache du corps. J'ai crié :

– Juliette, mon cœur, emporte-moi !

C'était fini. Mon Dieu, gardez-la près de vous ! Elle mérite le Ciel, un Ciel de beauté… Tu étais dans les bras du Maître.

Quand Colette est entrée, je pleurais.

Après, ce ne fut plus nous, plus vraiment mon histoire. Ce fut l'histoire de la famille de Juliette, je me devais d'être discret. Les officiers des Pompes funèbres sont venus. Colette m'a promis qu'elle assisterait à la dernière toilette pour être certaine qu'on ne serait pas irrespectueux envers toi.

J'ai attendu perdu comme une âme en peine dans le couloir quand Violette est arrivée trottinant et en s'appuyant sur sa canne.

– Je venais aux nouvelles, mon pauvre Auguste, tu as bien du chagrin. Tu sais, c'est mieux pour Juliette. Elle ne souffre plus. La voici *au pays du sourire*… Tout le monde trouve que tu as été formidable. Juliette n'a pas été abandonnée.

*

*   *

J'écris, j'écris, la nuit est tombée depuis longtemps. Je ne suis pas descendu prendre le repas du soir. Je veux encore dire la vie, ce filet de vie si fort… En me lisant tout à l'heure, ou plus tard, Mouche saura tout du vieux bonhomme que je fus.

*

* *

Au moment de la mort de Juliette, Mouche vivait encore à Charmes. Dès qu'elle apprit la nouvelle, elle se précipita ici. Je n'ai rien oublié. Elle cherchait à apaiser mon chagrin. Mais que dire ? Je fus d'abord silencieux. Ce que je ressentais, toutes ces choses secrètes, l'intime de l'intime restaient en mon cœur.

C'est beaucoup plus tard que m'est venue l'envie de partager mon émotion avec Mouche. Mais les occasions étaient rares ou contrecarrées. Quand c'était presque possible, quand les mots parvenaient au bord de mes lèvres, je lisais l'impatience de Mouche qui devait repartir à Charmes ou ailleurs.

Comme il est difficile, malgré toute la gentillesse des êtres, de comprendre les rythmes différents, la lenteur des personnes âgées. Je cherchais mes mots, il me fallait aller les trouver au plus profond de mon âme, les faire remonter à la surface et les dire sans que l'émotion ne vînt troubler cette évocation. Un rien déconcentre la pensée quand l'esprit se prend dans les méandres de l'âge.

Maintenant, Mouche saura exactement ce que j'ai pu ressentir.

*
* *

J'ai le souvenir d'une Juliette en majesté dans son cercueil resté ouvert et bordé de volant blanc et bleu pastel. J'ai le souvenir d'une femme follement aimée vêtue d'une robe de scène de lamé argent et or. Ses cheveux étaient relevés, tressés autour de son visage et piqués de minuscules petites perles, entre strass et paillettes. Maquillé avec élégance, son visage s'offrait à nous, pauvres vivants groupés autour d'elle, exempt de toute marque de souffrance. Un voile de paix l'auréolait.

Je m'étais rendu chez moi pour prendre le rameau de buis bénit deux jours auparavant et le glisser entre les mains de Juliette. Pour moi, ce feuillage avait une signification. Je ne croyais pas que la vie de Juliette s'arrêtât là, à ce constat, à ce corps inerte dans ce cercueil.

Cette vie d'où nous venons et vers laquelle nous retournons, je la ressens comme on ressent l'amour. En glissant ce brin de verdure entre les doigts de Juliette, je ne commettais aucune offense même si Juliette est de confession juive. Jésus, qu'elle admirait, est juif et a célébré la Pâque selon la tradition au milieu des siens qui l'ont acclamé quand il est monté à Jérusalem. Avant la cérémonie des Rameaux, c'est bien Juliette qui avait demandé que je lui lise le récit de la Passion. C'est elle qui m'avait envoyé à la cérémonie et m'avait prié de rapporter ce brin de buis. C'est pendant la cérémonie des Rameaux qu'elle s'était endormie.

– Votre foi l'impressionnait, a confié Colette, sa nièce. Vous lui avez fait un bien immense.

J'ai gardé le souvenir d'une Juliette en majesté. Je ne pouvais quitter ce corps figé dans un apparat de scène. C'était le dernier rôle de Juliette. Le final de l'Acte ultime où elle se rappelait à nous en tant que femme, amie, artiste.

*

*   *

Aujourd'hui encore, assis face à la baie dans cette chambre où je n'ai pas fermé les volets pour voir et entendre les bruissements du parc doucement éclairé, je murmure ton nom, Juliette, mon aimée, mon dernier amour. Où te caches-tu ? Es-tu dans les rameaux qui s'agitent ? Qu'as-tu à me dire ?

Je n'arrive pas à détacher mes pensées de ces instants.

*

*   *

Je cherchais l'esprit, l'âme de Juliette. Les nuits d'attente sont longues et je ne voulais pas que Juliette souffrît de solitude jusqu'au lendemain quand les officiers de la mort viendraient l'enfermer à jamais. Je ne me suis pas couché pour rester avec elle. C'était notre dernière nuit. Demain on visserait, clouterait le couvercle par-dessus ma belle amoureuse. Mais pour l'instant, j'étais près d'elle à entretenir un dialogue muet.

Quand le vent se faufilait jusqu'à faire trembler les voilages, n'était-ce pas elle qui jouait ? Elle qui revenait me frôler ? Il me semblait que son rire allait déchirer ce lieu. S'amusait-elle en contemplant ce corps figé, le sien ?

J'ai saisi la Bible posée sur le petit guéridon près de la fenêtre. À plusieurs reprises déjà, il m'était arrivé, sur la demande de Juliette, d'en lire des extraits. Juliette se berçait de psaumes :

Tu es mon Dieu, pitié pour moi, Seigneur,
C'est toi que j'appelle tout le jour ;
réjouis l'âme de ton serviteur,
quand j'élève mon âme vers toi, Seigneur. (Psaume 86)

Je me souviens de mon désarroi. J'avais toutes les peines du monde à me concentrer sur la lecture de ce psaume :

Donne à ton serviteur ta force
Et ton salut au fils de ta servante,
fais pour moi un signe de bonté. (Psaume 86)

Je n'étais pas au bout de mes peines.

*
* *

Le lendemain, *L'Est républicain* relatait la mort de Juliette. La page du carnet mondain s'ouvrait sur sa mort.

Monsieur Auguste Vuillemot, son ami,
Madame Colette Demange, sa nièce,
La Compagnie des Foulards bleus, La Chorale des Quatre Vents,
Ses amis de La Résidence Azur,
Les familles Kientzler en Autriche, Zellermann, Demange en France
vous font part du décès de
Myriam Zellermann-Kientzler, dite Juliette Girault
à l'âge de soixante-sept ans.
le mardi 29 mars 1994...

Les Anciens Combattants saluaient sa mémoire et son action au sein de la Résistance tout en rappelant le sacrifice de sa mère Rachel et de son frère Samuel. Les anciens des Galas Karsenty prenaient part à la tristesse de sa famille et de ses amis. La moitié de la page des avis de décès de *L'Est républicain* concernait Juliette. En page culture, un bel article lui était consacré.

*
*   *

Renée et Mouche me rendirent visite avant la levée du corps pour la synagogue. Toutes deux avaient appris le décès de Juliette en lisant le journal. Je n'avais même pas songé à leur téléphoner. Mouche avait fait escale au Domaine. Quels avaient été ses arguments pour raisonner Renée, très en colère par la publication de l'avis de décès où j'apparaissais comme le compagnon officiel de Juliette Girault ? Ce dont je fus, il est vrai, très fier, car il faut que cesse ce genre d'hypocrisie.

En ces jours de chagrin, ma fille eut donc la décence de se taire. Mais elle ne vint ni aux funérailles ni à l'inhumation au cimetière juif de Nancy. Mouche si. Elle m'entourait, me soutenait, bouleversée, elle aussi. À plusieurs reprises, je la vis essuyer ses yeux.

Quand le cercueil fut mis dans le caveau de famille, quand nous eûmes déposé symboliquement un caillou, je revécus un autre enterrement, un autre arrachement, celui de Sarah au lendemain des noces de Renée et Ladislas. Je songeai aussi à Gabriel dont le corps gisait au fond des mers, à Gilles et à cette tragique histoire de jalousie entre les deux frères, mes fils. Tous ces morts, tous ces cœurs figés, et moi qui vivais encore… Ah, que j'eusse aimé mourir de chagrin à l'instant même !

Mouche n'a pas voulu que je regagne la Résidence Azur tout aussitôt. Elle m'a invité à Charmes.

– Vous passerez Pâques avec nous. Paul sera là.

J'ai salué Colette, qui m'a serré sur son cœur. Elle savait que Mouche voulait m'accueillir pour me changer les idées, et, juste avant de m'engouffrer dans sa voiture, elle a glissé une lettre dans ma poche.

– Avant de s'endormir sous l'effet de la morphine, pendant que vous étiez à la célébration des Rameaux, Juliette m'a dicté une lettre pour vous. Il était convenu entre elle et moi que vous en prendriez connaissance après ses funérailles. Merci encore pour tout, vraiment du fond du cœur, et à bientôt.

Le 26 décembre 1999

Le jour va se lever, le vent souffle dans les arbres. Je ne me suis pas couché de la nuit. Je ne pouvais pas. J'ai écrit, écrit, toujours pour dire la vie, l'amour... Mouche ne doit plus être loin. Elle viendra aujourd'hui, ce 26 décembre, elle viendra jusqu'à moi et saura tout. Pourvu qu'elle et Paul m'annoncent leur mariage ! Par ce mariage, elle sera enfin une vraie Vuillemot, elle qui l'est déjà dans mon cœur.

Un petit coup de sonnette à ma porte. Qui ? Je pose mon stylo et vais ouvrir. Derrière la porte, une voix joyeuse s'élève :

– Coucou Auguste, bonjour ! c'est Nathalie !

Elle est entrée :

– Je vous apporte votre petit déjeuner. Le vent souffle très fort aujourd'hui. Je viens d'entendre à la radio que la tempête fait rage en Bretagne et jusque sur la région parisienne. À mon avis, nous allons en ressentir les effets d'ici peu. Je vous laisse, j'ai beaucoup à faire. Le personnel est réduit en ces temps de fête.

Nathalie, qui ne change pas au fil des ans, a délicatement déposé le plateau garni de petits croissants et de café fumant. Tout cela sent bien bon. Je mange avec plaisir. Puis, j'entre dans la salle de bains. Je veux faire honneur aux enfants qui vont arriver. J'ai déjà sorti mon costume de l'armoire et choisi ma cravate.

Il est dix heures, et je suis prêt. J'ai même parfumé ma vieille carcasse. Mouche me taquinera, dira que je sens la cocotte ou que je veux en séduire une. En attendant Mouche et Paul, je reprends mon stylo.

J'écris encore un peu. Devant moi, le parc, terriblement sombre, et les saules qui plient jusqu'à terre. Les feuilles volent en tous sens. Le thermomètre affiche 17 degrés. Un lendemain de Noël… Le temps est devenu fou. J'écris, je parle presque à haute voix face à la photo où Juliette et moi sommes réunis le jour de la première de *La Veuve joyeuse.*

Mais que se passe-t-il près du petit lac, près de « notre chêne » ? Mon Dieu, ce pauvre Fifi qui se débat, prisonnier des branchages tombés. Je vais aller le dégager, il va s'épuiser à battre ainsi des ailes.

*

* *

Et le vieux chêne se coucha…

Je suis sorti. Je n'aurais jamais cru que le vent pouvait souffler avec une telle violence. Le vent me plaque contre les murs du bâtiment. Je ne parviens pas à m'en arracher pour avancer jusqu'au petit lac où Fifi, résigné, ne bouge plus, à moins que le pauvre colvert ne soit mort. Je regarde vers la forêt en direction de Liverdun. De ma vie, je n'ai jamais vu pareille tempête. Des volets arrachés aux maisons s'envolent, sont aspirés par un vent fou, montent jusqu'au ciel et s'abattent au sol avec fureur. Tout la forêt mugit. Et ces arbres centenaires déracinés, soulevés et portés par les vents sur des dizaines de mètres au sommet de la colline. Un cauchemar !

C'est la fin du monde. Je vois la longue ligne de pylônes électriques sur la colline de Malzéville s'abattre comme des châteaux de cartes. Bigre, je l'ai échappé belle. Je ne l'avais pas vu venir, ce carton. Je ne peux même plus avancer. Et sur la gauche, vers l'Annexe, d'où viennent-ils ces d'outils qui volent pour aller choir je ne sais où ? Le vent hurle, gronde, s'engouffre, soulève, emporte tout sur son passage. Sur le toit de l'Annexe, les cheminées dansent et s'éparpillent. Les tuiles vont et viennent. Je me pince pour vérifier la réalité de ce que je vois. Je suis très certainement en plein rêve. Voilà ce que c'est que de ne pas dormir la nuit pour finir un travail !

Je me revois enfant aux côtés de Léonce, mon père, de Génie, ma mère. J'entends ma mère gronder les saisonniers : « Toujours terminer le travail avant le déchaînement des éléments. » Là, tout près, à travers le vent, on m'appelle :

– Auguste, revenez, ce n'est pas raisonnable !

J'essaie de leur répondre que Fifi souffre, que Fifi va mourir. Que le retour sera plus difficile que les quelques mètres qui me séparent encore de ce pauvre colvert. Je parle, hurle contre la force du vent qui veut me plaquer au sol maintenant. Je ne peux plus avancer ni reculer. Je vacille, tente de résister. Le vent est plus fort que moi. Je suis tombé. Je le sens à l'odeur de la terre tout près de mes narines. Des branches me griffent le dos, j'ai la tête dans un amas de branchages. Mon costume va en prendre un coup, il me semble que la pluie s'est mise à tomber. J'ai déjà le cou mouillé. Mais je n'ai pas froid, pas froid du tout. Je vais attendre un peu que le vent se calme pour me relever. Encore deux mètres et je pourrai libérer Fifi. Mais que se passe-t-il ? Je ne peux pas bouger mes bras. Je ne les sens plus. Il doit pleuvoir beaucoup. Je suis trempé maintenant. Et puis, je n'y vois plus rien. Je suis dans une sorte de brouillard cotonneux. On m'appelle encore, il me semble… Comment me faire entendre de tous ? J'ai bien crié : « Eh bien, qu'attendez-vous pour venir me chercher ? Vous voyez bien que je suis comme Fifi, prisonnier des branches, et trempé en plus ! » Personne n'est venu jusqu'à moi. Heureusement qu'il ne fait pas froid. Cette eau qui m'inonde est épaisse et presque chaude. Je n'attraperai pas de bronchite !

Maintenant, je ne vois plus rien du tout. C'est comme si la nuit était tombée d'un seul coup. Peut-être que j'ai dormi, épuisé d'avoir lutté pour me dégager de tous ces branchages. J'ai toute ma conscience, mais je suis fatigué et je n'ai pas envie d'ouvrir les yeux. D'ailleurs, je ne peux pas. Je perçois des bruits au loin, des bruits de moteur, de scie, je ne sais pas exactement. Je ne sais plus. Quelle importance ! J'ai mal derrière la tête. Je voudrais bien la toucher cette tête qui lance des éclairs. Je dois avoir une superbe bosse. Qu'est-ce que Mouche dira ? Je me demande pourquoi j'ai tant de mal à respirer. Je suffoque parfois au point de voir des étoiles rouges. Mais pourquoi suis-je là, allongé à même le sol, trempé ? Ah oui, j'allais secourir Fifi. Le vent, la tempête m'ont fait tomber. Je dois être coincé. On m'a appelé tout à l'heure. Je ne sais plus bien.

Je vois une lumière… comme un soleil qui s'écarte. Deux silhouettes derrière cette lumière… Sont-ce Sarah, Juliette qui chantent ? J'entends bien chanter, je ne rêve pas :

Wem Gott will rechte Gunst erweisen
den schickt er in die weite Welt,
dem will er seine Wund erweisen,
in Berg und Wald und Strom und Feld...

C'est le chant d'un printemps qu'on espère magnifique. Tiens, c'est un printemps enluminé, dirait Juliette. À quel Dieu dire tout cela ? Mais qui chante ? Juliette, Sarah ? Ce sont elles, j'en suis sûr ! Elles viennent vers moi ! Dieu soit loué ! Ce n'est plus la peine de lutter. Elles vont s'occuper de moi. Je ne m'inquiète pas. Mieux vaut dormir. Se reposer, Mouche et Paul aussi vont arriver. Depuis le temps ! Ces deux-là, vont-ils enfin se marier ?

Mouche et Paul sont arrivés en fin d'après-midi, retardés par cette terrible tempête qui a balayé toute la France. Ils ont dû descendre du train après Château-Thierry. Les voies étaient coupées. Il a fallu trouver une voiture de location, et après maintes péripéties, car les grands axes routiers étaient obstrués par des chutes d'arbres, ils sont arrivés au Domaine. Magali leur a ouvert.

– Renée et Ladislas sont à la Résidence Azur, c'est monsieur Auguste, un grand malheur…

Magali sanglotait. Mouche et Paul se sont regardés consternés et se sont rendus sur les lieux du drame.

Le parc n'est qu'un amas sans nom d'arbres arrachés. Auguste n'est pas encore tout à fait dégagé. Les pompiers, finissent de découper le chêne qui s'est abattu sur lui. Mouche est prise de malaise quand enfin on peut mettre Auguste sur une civière. Le médecin se penche sur son corps et secoue la tête. Auguste a cessé de vivre. La blessure à la tête a beaucoup saigné, sans doute a-t-il été également étouffé par le poids de l'arbre. Lui, droit comme un i, fort comme un chêne, s'est couché dans la tempête comme le vieux chêne du bord du petit lac.

Mouche se ressaisit et demande qu'on procède à une toilette sommaire du corps d'Auguste dans sa chambre. Il voulait toujours les accueillir bien vêtu, et leur faire honneur.

– Nous allons nous occuper de lui, n'est-ce pas, Renée ?

*
* *

À présent, Auguste est allongé dans son lit. À part une petite griffe sur le front, son visage ne porte aucune trace du drame. Il est serein, presque souriant. Paul a vu la table de travail de son père. Avant de refermer le cahier grenat, il a lu les dernières phrases. Pour lui-même, il murmure :

– Nous venions surtout pour ça, papa, pour vous annoncer notre mariage au jour des Rois. C'était notre cadeau.

Paul a glissé la photo de Juliette dans le cahier et gardé dans sa poche la lettre de Juliette écrite à Auguste peu avant sa mort. Mouche la lira tout à l'heure, songe-t-il.

La lettre de Juliette à Auguste n'apprend pas grandchose à Mouche.

Mon chéri,

Je ne t'ai jamais appelé ainsi, mais cette lettre est nécessaire pour que tu entendes ma confession avant mon effacement du monde. Je vais aller bientôt dormir dans les bras du Maître.

Quand je suis venue ici à la Résidence Azur, d'abord

à l'essai, c'est parce que la maladie m'avait saisie et avait décidé de ne plus me lâcher. Mais tu sais bien que les comédiens préfèrent mourir sur scène. J'ai désiré ce dernier spectacle, d'une part, pour vivre jusqu'au bout, d'autre part, pour donner du bonheur, de l'espoir, créer un élan. Ai-je réussi ? Si j'y suis parvenue, cher Auguste, c'est grâce à toi.

Mais tu ne sais pas tout de moi. Pas encore…

Je suis la fille de Rachel Zellermann, qui quitta les Vosges pour épouser Rudi Kientzler, un Autrichien. Il était marionnettiste et elle l'avait rencontré lors d'une tournée avant la guerre de 1914. Cela, je te l'ai dit. Toi, tu n'as pas connu Rachel, sauf si Moshe, ton beau-frère, t'en a parlé. Ma mère Rachel avait un frère, Adrien Zellermann (qui est le grand-père de Mouche, eh oui!). Pendant la guerre, rent partie du réseau Bruyère. Dans ce réseau, j'ai rendu quelques services. Mon frère Samuel, plus âgé que moi – il avait vingt et un ans en 1941 –, y avait d'importantes responsabilités.

Voilà ce que tu ignores : ce Samuel dont parle Sarah dans ses carnets bleus et qui est le papa de Gabriel, c'est mon frère.

Mon chéri, j'ai connu Sarah, ta Sarah dans les Vosges pendant cette terrible guerre. On ne pouvait pas ne pas l'aimer. Elle avait recueilli Samuel. Une balle perdue. Il est resté caché dans la remise près de chez elle. Il ne fallait pas éveiller les soupçons des villageois. Elle a tant veillé sur lui. L'amour est venu, il ne pouvait en être autrement.

J'avais quatorze ans et je venais visiter mon frère chez Sarah. J'apportais des œufs et des poulets à ta femme. Nous bavardions…

J'étais encore une gamine quand je t'ai vu, Auguste, pour la première fois. Sur l'insistance de Moshe, tu avais rendu visite à ta femme, dont le ventre allait s'arrondir. J'ai mesuré le drame qui vous unissait. Mais que faire ? Rétabli, Samuel venait de repartir au sein du réseau. Il devait gagner l'Angleterre. Il ignorait qu'il allait être arrêté, comme ma mère. Tous deux ont été torturés à mort parce qu'ils n'ont pas parlé. Le réseau Bruyère a ainsi été sauvé. Mon frère savait que Sarah attendait un enfant de lui… Je t'ai vu, Auguste, avec Sarah depuis le pré d'à côté. Je vous ai entendus chanter. C'était merveilleux et douloureux à la fois. Vous n'étiez pas mal assortis, pourtant la fêlure se voyait dans votre couple. Moi, je t'ai trouvé beau, Auguste, très beau du haut de mes quatorze ans. Peut-être t'ai-je aimé dès cet instant ? Je me sentais coupable, bien évidemment, car j'avais beaucoup d'affection pour Sarah.

Je vais encore te dire, Auguste, ce que je dois à Sarah. Ce goût pour le chant, pour la musique, c'est elle qui l'a glissé dans ma tête, dans mon cœur et jusque dans mes veines. Je lui dois ma vocation. Nous avons chanté toutes les deux cette Veuve joyeuse… *Sarah m'a appris la musique. J'aimais chanter. J'ai mené une carrière de second plan, avec toutefois une rencontre qui a compté pour moi. J'ai remplacé un jour au pied levé une grisette malade dans* La Veuve joyeuse *lors d'une tournée d'Élisabeth Schwarzkopf. Elle m'en a été reconnaissante. Nous sommes longtemps restées, elle et moi, en relation. Nous avons fait un disque ensemble. Rien d'important pour elle, mais pour moi… Chanter avec elle sur un disque dans deux* Lieder. *Tu imagines, j'ai enregistré avec elle ! J'avais vingt-cinq ans… Grande dame, elle avait voulu me faire ce plaisir. Il fallait que je te révèle ces choses avant de te quitter.*

Bien évidemment, je n'imaginais pas te retrouver à la Résidence Azur. Mais je t'ai vu si malheureux, prisonnier de tant d'inutiles remords, qu'il fallait que je t'aide à t'en libérer. Je me suis prise au jeu, et je n'ai plus pensé qu'à toi.

Je vais te quitter, Auguste, en te remerciant pour tout. Pour ces jours de bonheur, pour cet amour, pour le chant du corps. Auprès de toi, j'aurai été une femme jusqu'à la fin. Sois certain de mon amour.

Si tu peux encore être heureux, si une Juliette croise ta route, prends sa main, souviens-toi de ce que je t'ai dit au début de notre rencontre : on ne rend hommage à la vie qu'en l'étreignant.

Juliette, ta Juliette,

für immer, noch und noch.

– Comme c'est étrange, murmure Mouche en repliant la lettre de Juliette, on se demande si Auguste l'a lue.

– Il l'a lue. As-tu tourné le dernier feuillet ? demande Paul.

Non, Mouche n'a pas tourné le dernier feuillet de la lettre de Juliette. Au stylo à bille, d'une écriture un peu hésitante, Auguste a tracé ces mots :

« Je t'aime toujours autant, Juliette, auprès de toi j'ai appris la vie, le pardon et l'amour. Tu as rallumé les étoiles de Sarah. Je t'embrasse. »

Mouche soupire, vaincue et délivrée à la fois :

– Gabriel et moi, nous nous sommes mariés sans savoir que nous étions petits cousins. Juliette était la tante de Gabriel. Mon grand-père Adrien était l'oncle de Juliette.

– Étranges sont les destinées humaines… Veux-tu toujours m'épouser ? Puis-je faire un jeune marié acceptable, même si je suis presque un vieux bonhomme ? dit Paul en attirant Mouche à lui.

– Oh, Paul… Ce mariage a tellement été attendu par Auguste. J'ai beaucoup de chagrin en imaginant sa fin, c'est atroce.

– Je crois à présent qu'il chante avec Juliette et Sarah, Samuel et Gabriel et même Gilles, et qu'il veillera sur nous. Regarde ce ciel. La tempête s'est calmée et l'arc-en-ciel se dessine entre la Moselle et la forêt de Haye.

Ecquevilly, 16 septembre 2001

Cet ouvrage a été composé en Caslon corps 13,8
par In Folio, Paris

Impression réalisée sur CAMERON par
BRODARD ET TAUPIN
La Flèche

pour le compte des Éditions Fayard
en avril 2002

Imprimé en France
Dépôt légal : avril 2002
N° d'édition : 21379 – N° d'impression : 12377
ISBN : 2-213-61221-8
35-33-1421-3/01